AF281397

Manuel Lerois

Der falsche Mann für gute Taten

Ein satirischer Gegenwartsroman

Schwer Gutes zu tun

Es ist schwerer getan als gesagt, Gutes zu tun. Das kann ich Ihnen sagen. Ich weiß, worum es geht und wovon ich rede. Nebenbei erwähnt, das Schlechte ergibt sich am Rande ganz von selbst.

Als im Laufe des Lebens gewordener "realistischer Zweckoptimist", sah ich die Dinge so klar wie sie sind und hoffte gern auf Besserung.

Zwischendurch neigte ich temporär zu einem eher moderaten Pessimismus, der mich jedoch schwächeln ließ. Nach meinen aktiven Phasen mit Euphorie, erfolgte beim vermeintlichen Scheitern eines Projektes schnell die Ernüchterung, die nach einer Erholung verlangte. Benötigte leider meist eine ausgiebige Rückzugsphase nach jedem neuen Versuch. Diese war auch schon mal mehrere Wochen, Monate oder Jahre lang.

Deshalb dürfte es den Leser nicht verwundern, dass mein Anliegen "Gutes zu tun" sich bereits über einige Jahre hinzieht.

Man sagt über mich, ich sei ein eher "schwieriger" Typ. Gerade die, die mich wenig kennen, wagen solche Charakterisierungen.

Wie das nun genau gemeint ist, wird nicht weiter definiert oder erklärt, denn mit solch einer Äußerung hat sich jede Möglichkeit für einen Austausch frühzeitig, nämlich sofort erledigt.

Ich selbst betrachte mich nicht als einen sogenannten schwierigen Menschen. Es fehlt mir so das natürliche Timing, was andere Menschen zu haben scheinen. Etwas "speziell" bin ich, vielleicht, aber nicht schwierig. Eher individuell. Kein Jasager. Kein Mitläufer. Leider auch kein wirklicher Macher. Ach - ich weiss auch nicht. Finde mich ganz normal so im Querschnitt.
Gelegentlich überkritisch, etwas spröde und gehemmt im Ausdruck. Aber immer sozial und tolerant eingestellt. Zumindest theoretisch im Denken. Das Leben und der Alltag verhinderten oft eine Umsetzung von diesen Eigenschaften in der Praxis. Und oft störte auch der Mitmensch das Gelingen meiner guten Vorsätze.

So wie mich früher die Kunden regelrecht störten. Ab einem gewissen Zeitpunkt nahm das Gefühl von permanenter "Belästigung" überhand.
Und erst dieses Anspruchsdenken, dass Menschen, die in bestimmten, gerade helfenden Berufen arbeiten, per se überdurchschnittlich sozial eingestellt sein müssen, ist mir bis heute unbegreiflich.
Wie kommt man auf sowas, bitte?
Es scheint auch so zu sein, als unterstellt man den Meisten ganz selbstverständlich ein "Helfersyndrom". Es ergeht vielen so wie mir, als bewusst wurde, den falschen Beruf ergriffen zu haben, war es zu spät.
Und der von dieser Erkenntnis Getroffene ist in der Regel überwiegend zu alt für eine grundlegende, berufliche Veränderung.

Wird nicht jede Tätigkeit, die fremdbestimmt ausgeführt wird und dann vierzig Stunden pro Woche (mit den Kollegen verbringt man mehr Zeit als mit der Liebsten) zum natürlichen Feind?
Allein die Frage hat eine philosophische Komponente.

Alte Leier

Ich kann und will nichts mehr über Krankheiten hören.
Die habe ich selbst. Mitleid heucheln kann ich auch nicht
mehr. Und es gibt im Leben viel Wichtigeres und so viel
Schönes zu tun und dafür bleibt immer weniger Zeit.
Manchmal frage ich mich, ob ich auch zu so einem
mauligen Griesgram werde, wie oft zu beobachten ist im
Alltag. Gut hörbar, besonders im Gemäkel mit oder über
die Gattin.
Warum werden gerade alte Männer so unangenehm?
Frauen neigen eher zum Klagen und reden gern ohne
Aufforderung über ihre eigenen und dazu noch
Krankheiten anderer.
Neuerdings werde auch ich ungefragt über den
Gesundheitszustand alter Mitmenschen aufgeklärt. Da
reicht der kleinste Ansatz, zum Beispiel ein leichter
Wackler im Bus und schon geht es los mit der Arthrose
in den Knien, dem Hüftgelenk und sonstigem Leid.
Wenn ich dann nicht reagiere, passiert es regelmäßig:
"Hören Sie mir nicht zu?" Warum sollte ich denn?
Der leidende Blick tut sein Übriges. Der Rollator als
Zeichen des Leidens wird oft wie ein Monstranz vor sich
hergeschoben.

Wenn man länger leben will, muss man altwerden.
Anders geht es nicht.
Gefällt besagten Menschen denn das Leben nicht
mehr? Die Alternative wäre ja nur ein rechtzeitiges

Ableben um die fünfzig bis sechzig Jahre, um sich dem eigenen Verfall zu entziehen.

Und die wirklich Macht besitzen, können auffallend gefährlich werden. Nach dem Motto: Ich zeige es Euch allen noch ein "letztes" Mal vor meinem körperlichen Untergang und dem geistigen Verfall.

In den nehme ich Euch gern mit. Wenn ich nicht mehr bin, sollt ihr auch nicht weiter sein.

Da genügt ein Blick in die Geschichte. Überwiegend leiden meine männlichen Geschlechtsgenossen an dieser finalen Hybris.

Von "Macht" im herkömmlichen Sinn ließ sich ja bei mir nicht reden. Jedoch übernahm ich mit meiner ich-verstecke-mich-hinter-der-Säulen-Nummer wieder die Kontrolle und fühlte mich diesen Schlangen an Kunden nicht mehr so extrem ausgeliefert. Leider konnte man das so nicht auf Dauer gestalten. Eher selten findet sich eine Säule direkt vor, bei oder hinter dem Tresen. Und die Arbeitgeber würden sich auch nicht begeistert zeigen, wie ich aus dieser ersten Erfahrung schließen konnte. Und danach neue Strategien entwickelte, ausprobierte und perfektionierte, um mir das Schaffen zu erleichtern.

Und die Kollegen, die mein unkollegiales Verhalten (ebenso wie der Chef) bemerkten und sich nun ihrerseits auch mehr Zeit ließen, förmlich zur Kundschaft hin und weg schlenderten, länger auf der Toilette verweilten (was auch ich gern tat und dann noch unten im Flur zur Entspannung "der goldene Pelikan" tanzte), reagierten also erfreulich pragmatisch.

Das gefiel mir mehr als gut. Keine lästigen Fragen und Aussprachen.

Daraus ergab sich ein noch größerer Stau durch und vor allem für die Kunden. Der Chef verlor zunehmend die Contenance und griff dann eines Abends nach Dienstende lautstark durch. Er tobte und drohte uns allen mit Kündigung. Wir Angestellten lächelten und wussten: Never!

Vorgabe an diesem besagten Abend:

Immer 3 Angestellte mussten vorn "gut sichtbar" stehen und warten.

Der Toilettengang sollte 5 Minuten nicht überschreiten. Geknabbert werden durfte 0 außer in der Pause.

Es war einfach zu viel, tun zu müssen, als sei jeder Kunde mit seinem Anliegen der erste und wichtigste des Tages. Man bedient so lange, bis man selbst regelrecht "bedient" ist. Und "Vor-ge-setz-ter" heißt im Klartext: Da wird einem jemand regelrecht "vorgesetzt".

Nach dem Motto: Friss oder stirb. Apropos Essen.

Gern befand sich bei mir auch was zum Kauen im Mund, um signalisieren zu können: Kann gerade nicht. Wie ich bereits erwähnte, schien ich es übertrieben zu haben und leider fiel das Kräfte schonende Vermeidungsverhalten dem Chef und den Kollegen auf. Das hatte zur Folge, der befristete Arbeitsvertrag wurde nicht verlängert, obwohl auch wir unterbesetzt waren und unbedingt mehr Personal gebraucht hätten. Zum Abschied schenkten mir die nun Ex-Kollegen ein ganzes Kilogramm Studentenfutter für die nächste Anstellung. In der von allen unterschriebenen Karte stand auch was wie …"schade, dass es keine wirklich funktionierenden Tarnkappen gibt…".

Sehe ich auch so. Mein Körper gab schon länger fortschreitend und an Heftigkeit zunehmend nicht mehr das an Leistung her, was der Markt und die Arbeitgeber forderten. Die Arbeitsfähigkeit ließ kontinuierlich nach. Mein Limit pendelte sich bis heute gültig auf maximal sechs Stunden ein. Die Woche!! Auf zweimal verteilt. Lieber dreimal. Bei weniger als zwei Stunden lohnte sich der ganze Aufwand mit der Anfahrt jedoch nicht mehr.

Rentner speciale

Dass es einen regelrechten Schock bei mir auslösen würde, diese Umstellung "ins Nichts" und so viel Zeit zur freien Verfügung zu haben, damit hatte ich wirklich nicht gerechnet. Apathisch, wahrscheinlich tendenziell deprimiert-depressiv verbrachte ich die ersten Wochen meistens lesend und ganz oder halb liegend im oder auf dem Bett.

Und man wird ja nicht wacher, sondern stets müder, ruht man zu viel. Angeblich soll durch permanent zu langes Schlafen das Gehirn sogar Schaden nehmen. Für das lange Schlafen war ich auch, aber weniger anfällig. Und von "horizontal" zu leben, davon muss ich nach dieser einschneidenden Erfahrung jedem ausdrücklich abraten! Zu meiner persönlichen Verwunderung ertappte ich mich bei negativen Gedanken und geriet in Stereotypen, die in eine Art Verärgerung mündeten.

Ich lebe in Berlin, das für seinen sowieso anonymen, ruppigen Ton bekannt ist. Diese Art des Umgangs ist meist nicht nur in der Anonymität der Großstadt vorhanden, sondern setzt sich leider im privaten Umgang miteinander fort.

Wenn man nicht hinkt, nicht im Rollstuhl sitzt, keineswegs eher finanzschwach wirkt und nicht ständig über Krankheiten redet (die hat man mit dem Leiden genug), ist es deshalb äußerst ratsam, sich nicht als

Erwerbsminderungsrentner "zu outen". Schon gar nicht als 100% iger. Ganz übel. Ich rate dringend ab!

Davon gibt es bundesweit ca. nur 1,8 Millionen.

Bei nicht sofort optisch erkennbarer, körperlicher Einschränkung geht die überwiegende Mehrheit der Mitmenschen selbstverständlich davon aus, dass nur ein Simulant vor ihnen stehen kann, der es noch zu einer Zeit in die Arbeitsunfähigkeits-Vollrente und Arbeitsfreiheit geschafft hatte, als das auch für wirkliche "Simulanten" noch möglich war.

Dabei war es damals schon sehr, sehr schwer. Ist ja alles ein langer Prozess und dieser beinhaltet auch eine REHA.

Es gibt den Spruch: Wer wirklich krank zur REHA fährt, kommt auch krank zurück. Jedenfalls traf das auf mich und viele der anderen anwesenden Kranken zu. Und trotzdem wurde auch bei diesen der Aufenthalt noch verlängert, weil Weihnachten und Silvester nahten. Die Einrichtung wollte nicht verwaist über die Feiertage kommen, sondern belebt.

Ich lehnte dankend ab, denn mein Zustand hatte sich während der REHA nicht stabilisiert oder verbessert, sondern verschlechtert.

Einige fingen regelrecht das Träumen an, wenn gewahr wurde, dass ich nicht mehr 30 oder 40 Stunden pro Woche arbeiten musste (da war ich noch bedingt naiv und zu redselig) und so in jeden Tag hineinleben konnte.

So hätte man das auch gern. Bloß diesen verhassten Job nicht mehr machen müssen. Morgens lange ausschlafen. Freiheit.

Anfangs versuchte ich noch zu erklären, dass man ja krank ist und auch finanziell enorme Einbußen hat. 10,8% wurden damals von der errechneten EM Rente abgezogen.

Als das nicht fruchtete, sagte ich nur noch auf diese Träumereien:

"Aber meine Krankheiten möchtest Du sicher nicht haben?"

Und danach war Schluss mit der Ehrlichkeit. Auf die üblichen Fragen nach Alter, Familienstand und Beruf, antwortete ich mit:

"Bin Single und arbeite in Teilzeit (im Minijob - das ließ ich natürlich weg)."

Und endlich war Ruhe. Tricksen und Täuschen waren mir nie fremd. Lügen jedoch betrachtete ich kritisch.

Zügig in die Lücke

Auch andere, unerfreuliche Zeiten gab es in meinem recht turbulenten Werdegang. Zum Glück war ich immer nur kurz von der Unterstützung des Arbeitsamtes und der Arge abhängig gewesen.
Etwas blieb in lebendiger, prägender Erinnerung:
Etwa ein halbes Jahr vor dem fünfzigsten Geburtstag offerierte ich der Dame vom Amt nach wenigen Wochen mit Arbeitslosengeld eine neue Stelle, die leider wieder mal nicht so lange hielt. Die Konstanz langweilte mich schnell. Gerade man so die Probezeit mit Blessuren überstanden. Und am Ende dieser wurde ich entlassen. Leider saß ich eineinhalb Monate nach diesem für viele schicksalsträchtigem Geburtstag Fünfzig (nicht mehr jung, aber als Senior gilt man erst ab 60!) wieder vor derselben Sachbearbeiterin.
Sie meinte nun , ich wäre schwer zu vermitteln, schon Fünfzig Jahre "alt". Wie sie es betonte, hallte es nach. Ihre ganze übergriffige Art, sowie die Mimik und Gestik unterstrichen diese schwerwiegenden und nicht ohne Folgen bleibenden Aussagen noch.
Mag sein, das war eine vorgegebene Standardsprache vom Trainingscenter für Sachbearbeiter.
In meinem Fall in dieser Berufssparte trotzdem äußerst gewagt, sich so zu äußern. Und absolut falsch.
"Aber sofort in eine Maßnahme mit Ihnen, um zu lernen, wie man sich richtig und erfolgreich bewirbt", tönte diese Frau mir entgegen.

Bis zu jenem Zeitpunkt hatte ich mich circa dreißig mal "richtig und seriös" beworben und allein neue Stellen gefunden und das gewiss nicht wegen der "Unfähigkeit", sich nicht ausdrücken und bewerben zu können.

Diese Zahl Dreißig ist nicht offiziell. Und auch von mir nur geschätzt.

Ab einem gewissen Zeitpunkt verlor ich den Überblick. Letztens stellte ich mit Erstaunen fest, mich an einen Arbeitgeber partout nicht mehr erinnern zu können.

Also kann er nicht relevant gewesen sein. Einige wenige, nicht immer so erfolgreiche Arbeitsstellen am Eintritt in das Berufsleben, ließ ich unter den Tisch fallen. Wen interessierte schon bei einem Mann mit Fünfzig, dass er vor siebenundzwanzig Jahren "sich im Allgemeinen bemühte, den Anforderungen gerecht zu werden". Schnee von gestern.

Entstandene oder von mir übersehene Lücken ließen sich im Vorstellungsgespräch immer gut mit familiären Einschnitten, Pflege von Angehörigen und sehr wirksam mit schweren Schicksalsschlägen begründen.

Je älter ich wurde und mein Lebenslauf an Länge zunahm, desto flexibler und reicher an Phantasie wurde ich. Und ein Arbeitsversuch von acht Wochen mit ständigen Auseinandersetzungen mit dem Chef hat ja wohl kaum Relevanz, erwähnt zu werden.

Wie halten Menschen das nur aus, lediglich ein oder zwei Arbeitsstellen im ganzen Leben gehabt zu haben? Und mit Stolz verkünden, seit 50 Jahren in derselben

Wohnung zu leben. Was ist das bitte? Angst vor der
Veränderung? Bequemlichkeit?

Am selben Tag noch wurde eine Personalvermittlerin
regelrecht auf mich angesetzt. Einen Tag nach meiner
persönlichen Meldung bei der Arbeitsagentur, befand
sich am selben Abend eine Nachricht auf meinem
Anrufbeantworter: "Hier spricht Frau B. aus P. von der
Arbeitsvermittlung "Zügig in die Lücke". Ich habe Stellen
für Sie. Erscheinen Sie bitte morgen um 15.00 Uhr...
(Adressangabe)."

Nun kam ich doch verunsichert ins Grübeln. Ich hatte
doch wohl ausschließlich den Eingliederungsvertrag
unterschrieben? Mir war das so in Erinnerung. Oder lag
da mit Pauspapier zum Durchdrücken noch ein weiteres
Formular darunter? Von zum gejagten Freiwild werden,
wurde nichts erwähnt. Dass ich Menschen wie dieser
Frau B. zur freien Verfügung stehen musste, auch nicht.
Was war da los? Mir schwante es nach einem ersten,
kurzen Schockmoment: Das kann nur eigenmächtiges
Verhalten sein.
Weil diese Frau sich bewusst war und ausnutzte, dass
Arbeitslose nichts ablehnen durften und gezwungen
waren, jede Möglichkeit der Arbeit anzunehmen. Und
zur aktiven Suche und Mitwirkung verpflichtet.
Ansonsten erfolgten Repressionen und Maßnahmen der
Erziehung.

Frau Bs. Motto hätte sein können:
"Der frühe Vogel fängt den Wurm."
Der Typ ist schnell vermittelt. Und ich bekomme wieder
eine stattliche Prämie von der Arge für nur "einen" Anruf
und "ein" Treffen. Läuft.
Aber diese Frau B. hatte sich verschätzt.

Als ich meinem Bekannten Jose davon berichtete,
meinte dieser:
"Sich gegenseitig belehren und erziehen, auch für die
"richtige" Sache ohne Schamgefühle zu einem
widerlichen Denunzianten werden, alles kein Problem.
Inzwischen sogar von der Politik erwünscht und
gefördert. Was war denn hier los während der
Corona-Zeit? Das Eis der Zivilisation war ganz dünn."
"Wenn Du das so siehst, was willst Du dann noch unter
diesen Deutschen?" fragte ich ihn erbost und unterbrach
seine begonnene Tirade auf uns. Und der spanische
Akzent dazu fiel mir besonders unangenehm auf.
Da sage mal einer, Vorurteile und Rassismus wären
einseitig. Seit ich Jose kannte, sah ich das wahrlich
etwas differenzierter. Und Rassismus geht nicht nur von
blass auf pigmentiert, sondern auch andersherum.
Es ging noch leidlich ein paar Minuten hin und her im
Telefonat.
Mit südländischem Temperament aufgewachsen und
anders sozialisiert, sah er mein Volk wirklich so kritisch?
Etwa auch mich? Ob er wohl recht hatte? Könnte das
so stimmen, wie er sagte?

Ich zog mich nach diesen sehr kritischen Äußerungen langsam von ihm zurück. Denn diese kurze Sequenz an Gedanken hatte in mir recht negative Gefühle ausgelöst.

Daran musste ich denken, als ich meine Beschwerde schrieb. Und dann erwachte wieder dieser andere Bernd. Dieser Wolf im Schafspelz.
Die Beschwerde ging mit wortwörtlich zitierten Text vom AB und weiteren Angaben direkt nach Nürnberg. Und auch diese Sachbearbeiterin, die mich für ein paar Stunden zutiefst negativ beeinflusste, bekam ihre Packung ab. Es ging für die in Deutschland berüchtigte langsame Arbeitsweise von Behörden sehr schnell, bis die Antwort bei mir ankam.
Nur wenige Tage seit Versenden meines Einschreibens. Ich bekam ein Schreiben, in dem man sich mehrfach entschuldigte, ich einen neuen Sachbearbeiter versprochen bekam und von der unsäglich dreisten Arbeitsvermittlerin Frau B. aus P. nie wieder ein Wort hörte. Dank Bernd.
Der Schuss kann gewaltig und treffend nach hinten losgehen.

Incognito als Putzmann

Denn, wenn man in einem Bereich arbeitete, in dem inzwischen enormer Fachkräftemangel herrschte und auch vierundsiebzig jährige Rentner*innen (einmal möchte auch ich dazu gehören und korrekt gendern) noch als neue, "frische" Kollegen eingestellt werden, darf und kann man sich das schon erlauben.

Es war kein Zufall, dass ich den jetzigen Minijob in dem Bereich fand, in dem ich (zu) lange, zum Schluss frustriert und genervt, tätig war.

Ich habe bis heute nicht zu erkennen gegeben, dass ich "vom Fach bin". Nichts hat sich in all den Jahrzehnten verändert, was die Arbeitsatmosphäre betrifft.

Die tägliche Arroganz der Chefs ist die alt bekannte, meist sind es heute Frauen, und kann nicht darüber hinwegtäuschen, selbst nur "Verkäufer" zu sein.

Der fehlende Respekt vor den nicht akademischen Angestellten, die den Betrieb mit am Laufen halten, ist besonders belastend zu beobachten.

Nein. Ich bin und bleibe incognito. Und da bin ich mehr als standhaft.

Für mich kommen beruflich keine körperlichen und/oder mental fordernden Tätigkeiten mehr in Frage.

Gäbe ich mich zu erkennen, würde man mich zusätzlich zu anderen Arbeiten heranziehen.

"Nur mal so im Notfall", würde es heißen. Dafür immer wieder.

Den kleinen Finger reichte ich den Arbeitgebern längst nicht mehr. Zu oft rissen Sie gleich die ganze Hand auf ihre Seite. Schmerzhaft für die Schulter.
Und ich könnte Ihnen Geschichten erzählen, eine wäre, wie ein Chef die Kaffegeldkasse der Angestellten plünderte. Eine Chefin stalkte einen Kunden, aber nicht wegen ausstehenden Rechnungen.
Mag sein, ich schreibe bald noch zwei Bücher. Über meine Arbeitsstellen, da lernte ich bei jeder fürs Leben neu hinzu, und über die vermeintliche Liebe.
Obwohl mich Frauen anfänglich mochten, blieb ich ewiger Single. Nur an mir allein kann es nicht gelegen haben.

Weit unter Bildung und Niveau arbeite ich heutzutage und putze und liefere an Kunden aus. Mein Glück war, dass es reichte zu sagen, ich bin "Rentner".
Für diese Stelle war nur mein Erscheinen nötig. Und keine Zeugnisse etc. Ob ich putzen und ausliefern könnte, werde ich in der Praxis zeigen.
Wie schon erwähnt und erfolgreich erprobt, schone ich gern meine Kräfte. Da, wo man genau hinschauen kann, ist es augenscheinlich sauber. Dahinter und in den unsichtbaren Ecken wird nur einmal im Quartal gefegt und gewischt. Ansonsten oberflächlich gefeudelt. Das aber langsam. Und immer schön viel duftenden Reiniger in das Wischwasser geben. Und zum krönenden Abschluss noch den Raumduft "Blumenbouquet intens" (hat die Lilie, den Lavendel und den Flieder als

Basisnoten - es duftet fürchterlich) großzügig versprüht im hinteren Bereich. Direkt neben Kunden, das wage ich dann doch nicht, unter anderem auch, weil viele ja selbst übermäßig parfümiert sind.

Ich muß es bekennen, ich bin den gezahlten Lohn nicht immer wert.

Auch diese große Neugier in mir findet immer wieder Momente höchster Belustigung. Da ich nun so schön ungestört zuhören und lauschen konnte, genoss ich das umso mehr. Früher musste ich zuhören und auch noch antworten. Ich hätte mich so gern nur so kurz wie möglich auf das Wesentliche beschränkt.

Seien wir bitte mal ehrlich und selbstkritisch. Vieles, was wir alles so von uns geben, sind doch nur Phrasen und höfliches Geplänkel.

Selten erreichen wir eine verbindende Tiefe.

Es heißt immer, Frauen wären die reinsten, größten Plaudertaschen, es gibt jedoch auch Männer, die stehen der Geschwätzigkeit von Frauen in nichts nach. Dabei geht es meist nur um ein Thema, in dem ER glänzen kann und das dann in Form eines Vortrags, einer Art Abhandlung, weitschweifend doziert. Und wer versucht, während einer Atempause den "Vortrag" zu stoppen, wird gleich selbst wieder von dem in Fahrt geratenen Redner unterbrochen.

Und die Lautstärke bei solchen Reden ist immer erhöht, damit auch alle ringsherum noch hören und erfahren, welch toller Kerl in ihrer Nähe ist.

Und neuerdings diese "Jänderei" dazu, da tue ich mich schwer. Ich bin ja bereit, nur nicht fähig.
Ich weiß einfach nicht, wann und wie ich das *innen gesagt werden soll. Und ich schwöre, ich habe es mal einen ganzen Tag probiert, aber ich werde auf meine alten Tage dieses bewusste Stoppen mit dem Hicks vor *innen kaum noch lernen. Der Putzmann*innen??
Das kann dann schon mal komische Blüten treiben aus der einen Sicht und eine hohe Wichtigkeit aus der anderen besitzen. Nie macht man es jedem recht.

Kundin sagte:
"Bitte einmal X. für Sportler(hicks)*innen."
"Wie bitte, ich habe Sie leider nicht verstanden."

Die Kundin hatte das Pech, gerade an eine der Angestellten geraten zu sein, die schon längst, wie sie offen sagte, die Schnau…. voll hatte vom Gendern, dem Woken, und überhaupt frustriert vom Leben gewesen war. Und erst recht vom Job. Das könnte interessant werden, was passieren würde. Ich konzentrierte mich, um nichts zu verpassen.

" Ich möchte gern das X für Sportler(hicks)*innen."
"Das ist Unisex."
"Wie? Was meinen Sie denn?"
"Na. Unisex."
"Ja, dann überlege ich mir das lieber noch einmal", so die Kundin.

"Genau! Einen schönen Tag wünsche ich Ihnen noch."
Und die eigentliche "Kollegin" flüsterte einer anderen zu:
"Der habe ich es aber gerade gegeben."

Bei Auslieferungen mäßige ich meine Geh- und
Schrittgeschwindigkeit doch sehr und lasse mir beim
Schlendern Zeit. Die Schrittlänge lässt sich nicht so
einfach reduzieren, ohne einen kuriosen "Hopsgang" zu
imitieren. Zwischendurch wird gern ein Los zum
Aufrubbeln gekauft und geguckt, ob der Tag ein
besonderer Glückstag werden könnte.
Aber einen zu Beliefernden, den habe ich auf dem
Kieker. Ist nach meinem Klingeln auffallend zu schnell
an der Wohnungstür und behauptet aber stets, nicht
mehr allein in den Laden kommen zu können. Einmal
meinte ich, ihn beim Spaziergang beobachtet zu haben.
Nun habe ich bereits weit zurückgegriffen und ein
bisschen vor.

Impfen wir durch!

Unerwähnt bleiben darf nicht, dass es zum zweiten Mal in meinem Leben ein "Davor und Danach" gab. Und die meisten meiner Versuche und Erfahrungen bezüglich eines Ehrenamtes fielen in die Zeit vor 2020, also vor Covid. Nur wenige danach.

Wie bereits erwähnt, war ich nach dem Rentner-Schock sozusagen wortwörtlich "wieder auferstanden". Und ich war für meine Verhältnisse rege tätig gewesen, auf der Suche nach einem Ehrenamt und einem Minijob. Immer unter Berücksichtigung der mich einschränkenden Hemmnisse.

Durch die Zeit mit Covid erneut geschwächt - eine gute Bekannte, die nette Gundula, nannte die Maßnahmen "Wegsperrung" - verschob sich alles weiter nach hinten. In die noch nicht vorhandene Zukunft.

Wenn auch sehr belastend, aber so weit wollte ich dann in der Kritik doch nicht gehen.

Nee, nee, der gefährliche Virus war schon unangenehm! Schließlich durfte man ja dazwischen und nach dem "Stillstand" des normalen Lebens aller, wieder mit Test und Attest, Maske und Co. einiges tun.

"Kurzes" Shoppen zum Beispiel war, glaube ich, eine Stunde erlaubt. Immerhin. Davon machte aber ich wahrlich keinen Gebrauch.

Lebensmittel und meinen Vino Bianco ließ ich mir mit 5€ Aufpreis liefern. Spazieren gegangen war ich auch nicht mehr. Zum Ausruhen durfte man ja noch nicht mal allein und von niemandem umgeben, auf einer Parkbank sitzen. Die Regierenden werden schon gewusst haben, wieso auch das nicht mehr erlaubt und gefährlich war.

Auch ganz normale Mitmenschen sorgten sich um das Wohl aller. Die Pandemie trieb Knospen zu sämtlichen Themen und Anliegen, die zu Blüten und Stilblüten wurden. Die Wortfindungen, um sich gegenseitig in der totalen Verzweiflung zu beschimpfen, ließen regen Erfindungsgeist erkennen. Bleiben unvergesslich. Regelmäßig ging ich auf dem kurzen Weg zur U-Bahn an einem "Hunde Verwöhnsalon" vorbei (Nasswäsche mit Trocknung nur 27,67€ bis Ende des Monats) und bemerkte, dass die Inhaber sich ernsthaft Gedanken machen mussten, wie man die Impfrate erhöhen konnte. Immer wieder waren im Schaufenster diverse Zettel, Blätter und Kopien zur Ansicht und zum Lesen gut sichtbar angebracht.
Eines Tages sah ich da ein Foto mit mehreren, wenig bekleideten Ureinwohnern nicht bekannter Herkunft, die gerade ihr bewährtes Pfeilrohr bedienten, das einst zu Jagdzwecken konzipiert wurde.
Darunter stand: Impfen wir durch!

Man stelle sich das bitte einmal vor:
Person X. geht spazieren. Plötzlich verspürt diese einen kurzen Stich am linken Arm und in diesem steckt ein kleiner Pfeil.

Falls der Schütze gut ist im Zielen und Treffen, säße der Pfeil genau am linken Arm oben, an der Stelle, wo auch die Covid Impfung verabreicht wurde.

Würde der nun Getroffene einen Einwand haben, wäre es sowieso zu spät und der wendige Pfeil-Puster wäre längst lautlos durch das und im Gebüsch verschwunden.

Ein schwieriger Punkt wäre, den mit dem Flugzeug heran geschafften Pfeil-Pustern begreiflich zu machen, warum sie ihr bewährtes Curare nicht verwenden dürfen.

So was in der Art an unterstützender Maßnahme könnte dem Besitzer des Salons vorgeschwebt haben, als er dieses Foto aufhängte.

Soweit ich zudem hörte und auch einmal selbst sah, wurden unverständliche Parolen an das Schaufenster und die Eingangstür geschmiert.

Niemand wusste was. Keiner hatte was beobachtet, und wenn, wurde das Gesicht sofort schnell weggedreht.

Man vermutete, dass es sich um radikalisierte Impfgegner aus der rechten Szene handeln könnte. Aufgeklärt wurden diese hohlen Phrasen an Schmierereien nie.

2021 zweimal gern und hilfreich grundimmunisiert, 2022 locker aufgefrischt und danach 2023 einmal geboostert, also alle vier empfohlenen Male mitgenommen, und somit war ich gewiss auf der sicheren Seite.

Es wäre auch einiges für mich möglich gewesen zu unternehmen.

Einen Theaterbesuch zu planen oder in eine Ausstellung zu gehen, ohne vorher zum Testzentrum hin, dort anstehen, testen, warten und weiter zur Veranstaltung zu müssen, war eine schöne Vorstellung an manchen einsamen Abenden. Mich hinderte etwas: So leicht geht es mit dem Bernd einfach nicht.
So hin und her geschoben. Geparkt. Vergessen. Erneut angelassen wie ein Auto und dann soll es wieder geschwind losgehen?
Ich lasse es nicht zu, mich hin und her zu schubsen. Oder bevormundet zu werden. Auch nicht für einen guten Zweck. Diesbezüglich bin ich sehr eigen.

Mit Freu(n)den horizontal leben

Also verfiel ich beim zweiten Lockdown in die alte Marotte, den ersten März/April 2020 hatte ich noch ganz gut überstanden, wieder überwiegend auf dem Bett zu liegen. Dieser Lockdown dauerte fast 6 Monate bis 2021.

In welchem Zustand sich mein Körper nach dieser Zeitspanne befand, kann sich der werte Leser vielleicht annähernd vorstellen.

Der Blutdruck war nicht nur "im Keller", den spürte ich kaum noch. Die Körperhygiene hielt ich im Allgemeinen mehr oder minder gerade noch so aufrecht, jedoch auf das absolut Notwendigste beschränkt.

(Darf ich ehrlich sein. Ich schäme mich zwar, vielleicht ist es anderen Menschen auch so ergangen. Das Notwendigste bedeutete für mich in der damaligen, desolaten Verfassung, einmal im Gesicht und im Schritt mit Wasser durch. Das jedoch konsequent morgens und abends. Alle zwei Wochen etwa zwang ich mich zu einer Dusche. Diese Anstrengung kostete mich Überwindung und eine enorme Willenskraft. Man gewöhnt sich sehr schnell an seinen eigenen, markanten Geruch.)

In solch einer bedrohlichen Situation, bedingt durch einen Virus, mit der Möglichkeit eines schnellen Todes, für wen oder warum sollte man sich da noch pflegen?

Wie sang einst Milva: "Hurra, wir leben noch."

Sehr erbaulich war das Lied für mich. Und ich hörte es damals oft.

Liegen, Lesen, langes Labern am Telefon waren meine Hauptbeschäftigungen während der Corona-Zeit mit den Leben schützenden Geboten, Verboten und Extremen, die uns alle kollektiv retten sollten.

Mein Verhalten war auch diesbezüglich konsequent und ausschließlich.

Und bewahrte mich zudem vor einer drohenden Ansteckung und der Gefahr einer voll narkotisierten Beatmung. Ein Narkosearzt klärte mich auf, dass nur 20% der Patienten solch einen invasiven Eingriff überstehen würden, überleben, und danach schwer behindert sein könnten, zumindest eingeschränkt bleiben werden.

Die Letalität mit 80% war zumindest Hoffnung erweckend, da niedriger als 100%. Da war er wieder, dieser "realistische Zweckoptimist" in mir.

Forschte da nicht weiter nach und wollte eine Tiefe zu dem Thema vermeiden, weil es mich nur erneut beunruhigt hätte und diese unerträgliche Ängstlichkeit erzeugen würde. War schon genug außer mir wegen diesem Virus.

Auch ich hatte in meinem Leben "Freunde". Um genau zu sein, es waren Drei.

Eher in jungen Jahren bis circa zum Alter von etwa vierzig Jahren.

Einer ist mit nur sechzig Jahren bereits gestorben. Von einem hatte ich mich entfremdet. Ralf war seit Ende des zwanzigsten Jahrhunderts unauffindbar.

Hätte es diese Menschen früher nicht gegeben, gäbe es einige Gründe, mehr an mir selbst zu zweifeln.

Da auch ich Annahme und Wertschätzung erfahren habe, fällt es mir leichter, die Dinge richtig einzuordnen. Beziehungsweise mich in Beziehung zu anderen. Wenn ich gewollt hätte, dann hätte ich fünf bis zehn Bekannte haben und halten können bis heute.

Wenn gleich folgender Gedanke regelmäßig bei mir auftauchte, war das Ende annähernd da und der kommende Bruch besiegelt:

"Ich weiß, Du willst nur mein Bestes (haben). Aber das behalte ich für mich."

Aber mit "Gundi", richtig heißt sie Gundula, verbindet mich seit einigen Jahren eine gute, nachbarschaftliche Bekanntschaft. Wir sind fast gleichalt und unsere Geburtstage liegen nah beieinander.

Eine sehr umgängliche und sympathische Frau ist sie. Und auch im fortgeschrittenen Alter noch attraktiv und vor allem bewusst weiblich geblieben. Nichts da mit einem Kurzhaarschnitt wie bei Männern. Dazu in lässigem, feministischem Naturgrau und so kurz wie möglich geschnitten, ist bei dieser Frau noch nicht denkbar.

Gundula kommt meistens so harmlos wirkend daher. Menschlich ist meine Nachbarin leider etwas naiv geblieben. Bevorzugt nur in bestimmten Bereichen. Das hat auch Vorzüge, wenn die Realität nicht ständig mit voller Breitseite brandet, einen umreißt und wegspült. So wie es mir oft ergeht.

Ich verspreche, keine anvertrauten Intimitäten und Details preiszugeben, aber Gundula G. heiratete mit 22 Jahren gleich ihren zweiten "Mann", den Fridolin Johannes K., der des Weges kam.
Wortwörtlich geschah es so.
Es war der Weg in einem Park hin zum Ausgang.
Der noch mitten in der Midlifecrisis um Fünfzig steckte und da lief die knackige Gundula an ihm vorbei. Das war mehr als ein Wink des Schicksals. Diese Chance und Frau konnte er einfach nicht weiterziehen lassen. So bezirzte er seine zukünftige Frau mit allen seelischen und materiellen Mitteln, die "er" bereits besaß. Allein aufgrund der kurzen Lebenszeit konnte sie so weit nicht gekommen sein.

Zur damaligen Zeit um 1990 erzeugte die Erwähnung der zu erwartenden Witwenrente noch eine gewisse Aufwertung des Werbers. Frauen leben länger und können Nutznießer vom fleißigen Gatten werden.
(Und bei allem gibt es ein "Aber".)
Aber nur, nach einer Wartezeit von fünf Jahren und einer Ehedauer von mindestens zwölf Monaten besteht. Das müsste doch zu schaffen sein, oder nicht!? Ein Jahr im Unglück kann sich jedoch unerträglich ziehen.
Warum können sich sonst viele hochbetagte Damen die teuren, herrschaftlichen Mietwohnungen in teuren Städten nach dem Tod des Mannes weiter leisten. Wahrscheinlich meist durch oder mit der zusätzlichen Witwenrente.

Das zweite "Aber": Die Witwe, es gibt als zu
vernachlässigende Randerscheinung auch den Witwer,
darf nicht neu heiraten.
Sonst liegt die Versorgungsleistung gegebenenfalls auf
dem neuen Ehepartner. Hört sich antiquiert an in
heutiger Zeit. Die günstigste finanzielle Variante wäre,
täten sich eine Witwe und ein Witwer zusammen, die
beide kinderlos sind und lebenslang bis zur Rente
berufstätig waren.
Und das mit einem guten Gehalt. Dieses erfundene
Couple wäre zumindest finanziell gut abgesichert.
Und bloß nicht wieder heiraten.
Gundula ist immer noch gut bezahlte Sachbearbeiterin
bei einer großen bekannten Firma. Fridolin war
Ingenieur. Was mag sich bei Gundi an Rente ergeben?
Ist sie etwa eine gute Partie?

Boomerbildung

So mit Anfang Fünfzig ging ich in die EM Rente. Besser formuliert, war ich bereits dreiundfünfzig Jahre alt.
Und bin 1964 geboren. Stolz möchte ich Sie wissen lassen, dass ich der am besten gebildeten und erfolgreichsten Generation nach dem Zweiten Weltkrieg angehöre.
Einer von gut 1,35 Millionen. Die höchste Geburtenrate in einem Jahr nach Kriegsende 1945. Es scheint heute so, als hätten die Menschen fünfzehn Jahre danach wieder Lust auf Familie und mehr Kinder gehabt.
Obwohl ab August 1961 die Pille zur Verhütung auf den Markt kam. (Und mal wieder "Schwein gehabt".)
Die Kinder dieser Kriegsgeneration waren und sind wirklich gut gebildet.
Auch die Schüler damals, auf so genannten Grund-, Volks- und Realschulen, wurden genügend ausgebildet und fit für das restliche Leben gemacht. Es ergaben sich Chancen auf den unterschiedlichsten Ebenen.
Auch sofort im Anschluss eine weiterführende Schule zu besuchen, war leichter möglich als heute aufgrund der guten Bildungsgrundlagen. Und auch gut zu schaffen.
Es gab für gute Leistungen auch faire Gehälter.
(Was sich heute junge Menschen mit Mindestlohn überhaupt nicht mehr vorstellen können. Wenn es bedeutet, arm mit Arbeit, arm im Alter durch niedrig vergütete Arbeit, worin versteckt sich da ein Anreiz?)
Das schaffte Sicherheit und Perspektiven.

So gut wie jeder fand je nach Präferenzen und Leistungsfähigkeit seinen Platz.

Die "Babyboomer" haben nicht nur über Jahrzehnte fleißig gearbeitet und viel Steuern gezahlt, sondern auch viel Geld in die Rentenkasse!

Der erreichte Wohlstand dieser Jahrgänge war einer, der wohl einzigartig bleiben wird.

Auch für Arbeiter wie meine Eltern war es möglich, am Ende des Lebens ein schuldenfreies Haus zu besitzen, ein immer wieder neues Auto kaufen zu können und eine ständige Mindestreserve auf der Bank von 50000 DM zu haben.

Mir als Nachzügler wurde zum 18. Geburtstag ein Auto geschenkt. Gebraucht, jedoch noch neuwertig. Ich bekam einen VW Käfer in knalligem Gelb der Post, der mich mächtig stolz machte.

Meinen Sie nun, ich beginne zu halluzinieren? Nein. Bernd ist auch nicht zum Märchenonkel mutiert, wenn die Phantasie auch groß genug ist.

So war das damals. Und möglich, wenn man fleißig war. Materiell ging es der Familie gut und stets besser. Menschlich wirkten die Erlebnisse vom Krieg noch nach und immer mit. Nur, weil über Erfahrungen kaum oder nie gesprochen wurde, sind sie ja nicht weg. Sondern nur verschoben. Oder verdrängt.

Und vieles, was die Großeltern als richtig oder falsch werteten, übernahmen dann häufig die Kinder und gaben das als richtig weiter an die eigenen Kinder.

Nicht alles war aber gut und gesund. Konnte es gar nicht.

Da war diese geistige Enge, Minderwertigkeitsgefühle gegenüber Akademikern...vielleicht sogar die Angst, ein Kind könnte ausscheren und es noch zu mehr materiellen Wohlstand als sie selbst bringen.

Und das sollte tatsächlich ich werden.

Wenn bisher ein anderer Eindruck entstanden sein sollte, so sei er mit Folgendem korrigiert bitte. Ich, Bernd, muss nicht im Minijob aus finanziellen Gründen arbeiten. Ich kann, wenn ich will. Und ich kann es mir erlauben, "die Plünnen" jederzeit jedem vor die Füße zu werfen, was dann meist laut und deutlich geschieht.

Nur das ahnt kein Arbeitgeber und ein "berndscher" Ausbruch des Unmutes, attackiert dann verbal unerwartet treffend. Und bleibt in Erinnerung. Nie hatte ich behauptet, einfach zu sein, sondern "speziell".

Und in den nächsten Jahren dürfen immer mehr Menschen der "Babyboomer"-Jahrgänge in Altersrente gehen. Bei mir wäre es 2027 soweit, jedoch nur, wenn die Rente mit Dreiundsechzig auch mit Abzügen nicht abgeschafft wird.

Es gibt einen Unterschied zwischen der Rente eines Kranken und der regulären Altersrente. Man ist frei und dürfte Deutschland verlassen. Als EM Rentner darf man das verständlicherweise nicht. EM Rentner können und werden auch überprüft, ob sich das Leistungsniveau geändert hat, um eventuell wieder drei bis sechs Stunden pro Tag arbeiten zu können.

Meine fast weiblich ausgeprägte Intuition lässt mich Zumutungen und/oder Ungerechtigkeiten schon erahnen, da hat der zukünftige Verursacher diese noch nicht mal bis zum Ende durchdacht und geplant! Diesbezüglich war ich für die Frauen und meine Liebschaften ein gefürchteter "Seher". Und diese Versuche mit Frauen waren nicht nur deshalb belastet, wie Sie, werter Leser, es zu diesem Zeitpunkt vielleicht schon annehmen.

Zunehmend melden sich "selbsternannte" Experten (ein nicht geschützter Ausdruck - ich bin auch in vielen Bereichen ein hervorragender "Experte"), hart urteilende Wirtschaftsökonomen und Politiker dazu, die die Rente mit Dreiundsechzig komplett abschaffen möchten. Und somit die fleißigste und erfolgreichste Generation des Nachkriegsdeutschlands für das Erreichte regelrecht bestraft würde. Besser könnte man Undank nicht zeigen. Begründet wird das mit Fachkräftemangel (der muss inzwischen für viele auch selbst verursachte Probleme herhalten). Falsche Prämisse! Es gibt einundzwanzig Millionen Rentner, die derzeit lebend sind. Zwölf Millionen zukünftige Rentner der Jahrgänge 1961-1969 möchten ihr Rentnerdasein bald genießen.

Die meisten davon sind noch mobil und nur Bruchteile davon auf Demos für die Rente mit dreiundsechzig Jahren, das dürfte keine Regierung überstehen.
"Nachtigall, icke hör dir trapsen."

Gerade durch meinen nicht leichten Weg und die Herkunft, habe ich eine gute Resilienz entwickelt und schon drei Gerichtsverfahren gewonnen.
Und alle gingen durch alle möglichen Instanzen.
Weil ich nicht einfach schnell weiche und nicht so leicht einzuschüchtern bin. Angst habe ich in anderer Art.
So wie mit dem Virus von Corona. Deshalb verstehe ich auch die der anderen und seien sie noch so irrational.
Als sich jedoch meine jahrelang konsultierte Ärztin wie in einer Covidmanie mit daraus resultierender Hysterie befand und sich die Rollen zwischen uns dadurch vertauschten, war es mit meinem Verständnis leider vorbei. Diese Frau wurde zunehmend zu einem Risiko für sich und ihre Patienten.

Gundis Gatte

Gundi meinte, ihre Ehe wäre ca. zwanzig Jahre ganz in Ordnung gewesen.
Nur wegen seinem Kinderwunsch entstanden die ersten Jahre ab und zu lautstarke Streitereien. Halt nur die ersten drei Jahre.
(Könnte vernachlässigt werden, so Gundi.)
Bis hin zum sinnlosen Geschrei beider Partner. Sie musste auf der Hut sein, dass die Pillenpackung nicht gerade an dem Tag unauffindbar schien, an dem sich F.J. besonders scharf zu erkennen gab. Zu achten war ebenfalls darauf, ob sich im Blister die bekannten ockergelben Pillen befanden.
Zu süß durften sie auch nicht schmecken.
Auch wenn ein Paar es gut miteinander und gegenseitig meint und sich liebt, wird getrickst und gelogen. Jeder Mensch soll angeblich mehrmals täglich unbewusst lügen. Gs. Lügen wegen dem Baby waren ganz bewusste, so sie ehrlich zu mir nach einer Flasche Bordeaux. Nur für sie allein. Ich blieb beim Bier und hörte nach der sechsten halben Liter Flasche auf. Reine Strategie, nannte Gundi ihr damaliges Verhalten. Sie schadete ja niemandem wirklich damit.

G. meinte zu F.J., sie wollte ein ruhiges Leben in Zweisamkeit führen und sich nicht durch ein Baby fremdbestimmen lassen. Der mütterliche Typ ist sie wirklich nicht. Und diesen viel beschworenen

Mutterinstinkt verspürte sie auch nie. Das war jedoch nur die Hälfte der Wahrheit, keine Kinder bekommen zu wollen.

Da Gundi F.J. nicht verletzen wollte, erwähnte sie tunlichst nicht, dass es ihr peinlich war und sie nicht zum Gespött werden wollte. Somit sich und dem Kind einen so alten Vater zu ersparen. Das war die inoffizielle zweite Hälfte.

Wäre das Kind zehn Jahre alt gewesen, wäre F.J. bereits in das Senium eingetreten. Ein alter Mann. Also kein "Bestager" mehr.

Wer sich heutzutage alles traut, sich auch im fortgeschrittenen Stadium so zu benennen, der ist mehr als mutig. Manch ein Mensch verspottet sich mit solch einer gewagten Äußerung selbst. Angeblich ist Sechzig das neue Vierzig.

Davon bemerkte ich bisher leider noch nichts.

Auch die zu erwartende Pflegeleistung an ihrem doch wesentlich älteren Gatten schreckte G. ab. Genauso kam es dann auch.

Schon ab Ende Siebzig folgte eine Krankheit der anderen. Rein ins Krankenhaus. Raus nach Hause. Kurze, leichte Regeneration. Dann retour ins Krankenhaus. Unter anderem überstand er drei Lungenentzündungen, wobei es den Ärzten immer wieder gelang, ihn weiter am Existieren zu halten.

Was man allgemein unter Leben versteht, war es wohl eher nicht mehr. Nach der ersten dachte Gundula: Gut, dass er die Pneumonie gut überstand.

Nach der zweiten: Jetzt hätte er es beinahe geschafft.
Nach der dritten: Wo soll das nur hinführen??
So ging auch der kluge F.J. den schweren Weg des
Verfalls bis zum bitteren Ende.
Bis der Körper trotz der Operationen, Behandlungen im
Krankenhaus und sonstigen Maßnahmen und längst
erreichten Maximaldosierungen bei den Medikamenten
aufgab.
Einst gab es das Wort "Altersschwäche". Das sagen sie
mal heutzutage den wirklich alten Menschen, die täglich
überwiegend die Praxen füllen.
Das wagt kein Mediziner. Der wäre im Eiltempo seine
Patienten los. Und unter Umständen ruiniert, aufgrund
eventuell folgender Klagen (auch von immer zufrieden
gewesener Patienten) wegen "unterlassener
"Hilfeleistung". Und wenn die Patienten selbst nicht
mehr dazu in der Lage wären, um ihre Rechte zu
kämpfen, würden sich die Angehörigen mächtig
einbringen.
Und der Arzt, der nichts weiter als einen Satz gesagt
hätte, würde die Welt nicht mehr verstehen können.

Taihgas Wuff

Nach dem Tod und einer angemessenen Trauerzeit, blühte Gundi förmlich auf und erlebte so etwas wie einen zweiten Frühling. Der erste war ja leider überschaubar kurz ausgefallen durch Fs. Erscheinen. Zu jener Zeit lernten wir uns kennen und ich wurde Zuhörer und Ratgeber, regelmäßig auch erstaunt mit weit aufgerissenen Augen, wenn Gundi über ihre meist heiteren und gelegentlich traurigen Eskapaden berichtete. Und auch darunter litt. Nicht jeder Mann war halt so wie Fridolin. Und da kam diese schon erwähnte Naivität ins Spiel.

Wann und wo sollte Gundula denn wirklich Erfahrungen mit Männern gesammelt haben. Anfangs schienen die Herren leichtes Spiel zu haben, aber sie lernten schnell dazu und wie ich feststellen konnte, auch sie konnte es "faustdick" hinter den Ohren haben. Recht gebildet und eine sehr interessante Gesprächspartnerin war sie ebenfalls.

Und verrückt nach Hunden war sie. Das ist das Einzige, was mich wirklich an ihr störte. Die Hundeliebe und gelegentlich ihr Bellmonster "Taihga".

Gundi ist politisch sehr interessiert. War Mitglied in der CDU bis Kohls Ausscheiden gewesen.

Über Kohls "Mädchen" rümpfte sie die Nase. Und ihre Regentschaft erst.

Da schwoll Gundula der Kamm. Und die Adern an den Schläfen und am Hals traten bedenklich hervor.

Da die Christlich-demokratische-Union nicht mehr wirklich christlich und konservativ erschien, verlor Gundi ihre politische Heimat und sagte öfters:
"Ich bin politisch verwaist."
Da ich ihr diesbezüglich so gar keinen Halt bieten und Alternativen aufzeigen kann, bleibe ich wenigstens ein guter Zuhörer. Ab und an beschäftigt mich auch ein Gedanke von Gundi weiter und ich recherchiere und lese mal im Internet nach. Zur Vertiefung sozusagen. Aber das meiste irritiert und beunruhigt mich nur.
Die Stellschrauben der Welt werden woanders gedreht und nicht am Horstweg 25 in Berlin.

Gundi war es, die mich immer wieder motivierte, nach einem Minijob und einem Ehrenamt Ausschau zu halten. Und unermüdlich Vorschläge und Anregungen darbot, in welchem Bereich sie sich mich gut vorstellen könnte. Gern führten und führen wir diese Gespräche immer noch bei einem Spaziergang und frühlingshaftem Wetter.
Nur Gundi verlässt das Haus so gut wie nie ohne ihren Mitbewohner, den Taihga. Auf die richtige Aussprache und Schreibweise legt sie besonderen Wert: TAIHGAA! Um keine Verwechslung aufkommen zu lassen mit dem englischen Wort für den Tiger, also "tiger". Denn wenn die Hundemama "Taihga" ruft und dieses zwar energisch lebendige, jedoch kleine Wollknäuel naht, schaut manch Passant doch etwas irritiert.
Und wartet mit Blicken auf Tiger. Den Großen.

Der Taihga ist ein richtiger Rassehund.

Ein Spitz…und dann folgt irgendwas mit Pommes oder Pommern. Pommery? Nee, das ist ein Champus!

Beim Discounter L. gibt es Champagner schon ab 13,99€ pro Flasche zu erwerben.

Leider werde ich mir diesen zweiten Namen nie merken können. Diese Spitz "Pomms" sind reinrassige Hunde und gewiss keine widernatürlichen Züchtungen und gelten erstaunlicherweise als Wachhunde.

Quirlig, präsent, im Gebell furchteinflößend.

Hell und durchdringend ist die Stimme des kleinen Wollknäuels.

Nun waren wir wieder einmal im Park verabredet.

Mit einer kurzen Umarmung und angedeuteten Küssen auf beiden Wangen, wie Franzosen es zu tun belieben, begrüßten wir uns herzlich.

Begleitet von Taihgas sofortiger Bellerei.

Sprang dazu an meinem rechten Bein hoch und wollte die erste Streicheleinheit. Zum Glück rieb er sich heute nicht peinlich an meiner Wade. War auch schon geschehen. Schwamm drüber.

Meine mitgebrachten Leckerlies in der Hosentasche schien er förmlich als erstes zu riechen. Erst nach dem Stöckchen werfen und apportieren, damit Gundi und ich mal kurz in Ruhe hätten reden können, wollte ich mit der Verköstigung beginnen. Er gab keine Ruhe. Wirklich nicht.

Also gab es für rein gar nichts das erste Leckerlie: Ein Biss, ein Schlucken, weg. Nun begann ein Gewinsel nach dem nächsten duftenden Stück.

Na jedenfalls für die sensible Hundenase mit gutem Odeur.

Gundi meinte: "Bitte immer verschlossen mitbringen. Du siehst ja, was gerade passiert, Bernd."

Damit Ruhe einkehrte und ich meinen Fehler schnell korrigierte, gab es die restlichen drei Leckerlies auf einmal: Dreimal Biss, dreimal Schluck und weg.

Nun war Taihga so außer sich und aufgeregt (hatte ich etwa die Dosen in der Küche mit den Hundeleckerlies und meinen Medikamenten verwechselt?), dass wir beide ihn mit aller Kraft an der Leine halten mussten. Und aufgrund der Größe läuft so ein Spitz nicht weg und zieht den Halter hinterher, sondern steht immer schräger auf dem Boden mit der doch recht überschaubaren Beinlänge und mit dem Bauch kurz vor dem Aufsetzen, beziehungsweise Aufliegen auf dem Boden. Verwundert starrten uns vorübergehende Spaziergänger an.

Es fielen auch Kommentare. Ich gebe zu, der Anblick könnte befremdlich gewirkt haben. Das wäre beinahe ein Bauch - Platz geworden.

Nie ist es dem kleinen Racker langweilig, so Gundi.

Ich lasse ihn mal von der Leine.

"Der braucht Bewegung."

Na endlich, dachte ich.

Sofort stürmte das kleine Kraftpaket davon, ohne dass das Frauchen ihn aus den Augen lassen wollte.

Ich verkniff mir die Anfrage, ob Taihga auf einer Hundeschule gewesen wäre?

Und wenn, ob das eine mitteleuropäische gewesen sein könnte?

Oder eher kostengünstig im Hinterhaus von einem selbsternannten Hundetherapeuten erzogen wurde?

So wie bei Menschen, gibt es auch bei Hunden große charakterliche Unterschiede. Dieser Kleine passt in die Kategorie: Strapaziös mit harmloser Maliziösität.

Ist Berlin immer noch die "Hundehauptstadt", also die mit den meisten Hunden? Früher konnte man eine Einschätzung durch die vielen Hundehaufen treffen, die überall herum lagen und gerade im Sommer schrecklich stanken, bis sie endlich eingetrocknet waren.

"Tretminen" waren gefürchtet und nur mit Ekel von den Schuhen zu entfernen.

Inzwischen ist es ja Pflicht, diese Haufen in einer Tüte mitzunehmen und diese darf dann gern in einem Papierkorb landen.

Die meisten halten sich daran. Und das in Berlin, wo lieber in Anarchie gelebt würde als in Normalität zu versauern. Wie ich letztens las, waren an einem eher ungewöhnlichen Ort, war es ein Abfluss, Dutzende Beutel voll mit Hundekot hineingestopft worden. Soviel zum Thema "sachgerechte Entsorgung".

Viele Hundebesitzer reden mit den Tieren wie mit einem kleinen Kind. Alter so bis drei Jahre. Bei dem man gerade beginnt, die Welt etwas zu erklären und was nicht gern gesehen wird oder verboten ist.
Sogar gefährlich sein könnte. Was mag in so einem Hundekopf vorgehen, solche Erklärungen neben den Worten "Platz" und als die absolute Notlösung "Fass" zu hören.
Und schaut der ganze Stolz dann mit liebevollem Hundeblick, ist Herrchen und Frauchen glücklich. Ich mag viele Hunde. Manche flößen jedoch Furcht ein.
Da hilft es auch nicht, wenn die Hunde-Mama über die optisch beeindruckende Kampfhund - Kreuzung sagt: "Der tut nichts."
Und etwa 1,55cm groß und geschätzte 45 kg leicht ist. Ich finde jedoch, dass in einer drei-Zimmer-Wohnung in der Stadt schon zwei Hunde einer zu viel sein könnten.
Wo fängt die Tierquälerei an und wann hört die Tierliebe auf?
Aber Taihga geht es gut. Rundherum. Ein neunzig Quadratmeter Revier hat er bei der Gundi. Nach dem Versterben von F.J. kam Taihga ins Haus.
Und der Hund muss mit keiner weiteren Person "teilen" und steht immer im Mittelpunkt. Weil er gern mal bellt, gibt es tagsüber einen Hundesitter.
Lässt Gundi ihn gezwungenermaßen als Ausnahme mal allein in der Wohnung, weil wir zwei Nachbarn ein kulturelles Event gemeinsam genießen möchten, hagelt es danach Beschwerden von anderen Mietparteien.

Das sind drei. Die sollten sich nicht so anstellen.

Angeblich hätte der Hund von 19.30 Uhr bis kurz vor Mitternacht laut gebellt.

Wohl aus Erschöpfung in den letzten zwei Stunden mit abnehmender Frequenz und Stärke, aber so ginge das nun wirklich nicht!

Was die Nachbarn nicht verstehen ist, dass so ein Spitz ein "Wachhund" ist.

Und kein Schoß- oder Taschenhund wie ein Chihuahua, den man locker mit in die Oper nehmen könnte. In der Handtasche sozusagen.

Gundi wollte mal bei jedem persönlich klingeln, sich entschuldigen und ein bisschen erklären. Bisschen guten Willen zeigen, damit der Wind sich drehen möge. Bittend und devot erscheinen. Das kam meistens gut bei allzu strengen Mitbürgern an.

Einmal im Quartal im Durchschnitt müsste das doch möglich und erträglich sein, diesen Hund für wenige Stunden ganz allein zu lassen. Kann doch nicht sein, dass er bei jedem Mitmieter anschlägt, der gerade mal kurz vorbei geht und aus lauter Einsamkeit noch heult und jault dazu, zwischen den angeblichen Eindringlingen in sein Revier.

Unser Treffen verlief zwar recht turbulent, letztendlich aber erfreulich erfolgreich.

Trotz Taihgas Anwesenheit, denn wir kamen darauf und ich konnte dem gedanklich voll zustimmen, eine Gemeinschaft wie ein Chor wäre gut für die Sinne.

Sowie in einer der vielen karitativen Einrichtungen ein Ehrenamt zu suchen.

Brummen und Brunften

"Sie brummen!"
Dann 30 Sekunden Pause. Und erneut.
"Sie brummen!"
Ansonsten Gesang um mich herum. Halluzinierte ich?
Sollte ich meinen abendlichen Weinkonsum korrigieren?
Reduzieren? Aufgeben?

"Sie brummen!" Wieder dieses Flüstern.

Jetzt auch noch ein Stups auf der linken Seiten in Höhe
des Pankreas.

"Sie brummen! Sehr laut!" sprach die Frau neben mir
ebenfalls laut.

Schaute nach links, wer da was von mir hätte wollen
können und sah das Gesicht einer Frau mittleren, aber
unmöglich einzuschätzenden Alters.
Irgendwo zwischen prä- und postklimakterisch.
Das bedeutete eine Spanne von ca. fünf Jahren nach
oben oder unten.
Ausgehend von einer Mitte, die ich nicht kannte und das
Geheimnis jeder Frau ist.

"Ja bitte", flüsterte ich zurück.
"Sie brummen."
"Das sagten sie bereits."

"Sie singen nicht."
"Wie bitte?" Im Chor lernt man doch singen, oder nicht?
Dafür ist er doch da. Zum Erlernen des Singens."
"Ach, so sehen Sie das!"

Unhöflich war gar kein Ausdruck für diese arrogante Art
der Kritik an meinem "Gesang". Und dann dieser Blick.
(Wir haben doch alle mal einen schlechten Tag. Oder
der Rachen ist zu trocken. Die Stimmbänder noch nicht
genug geölt und man krächzt etwas heiser. War gerade
dabei, mich warm zu trällern.)

"Hat Sie der Chorleiter als Bass vorgesehen? Oder als
Mitbrummer?"

Und imitierte, also brummte mich nach: "Bbbbrrrbrbbbrr."
Das war nicht mehr dezent leise, sondern nun für alle
gut hörbar. Die Probe wurde unterbrochen und alle
Augen wurden auf mich und diese entsetzliche Frau
gerichtet.

"Das ist Herr, wie war noch Ihr Name?"
"Vosfelder, Bernd."
"Dieser Neuzugang möchte uns alle im tieferen
Stimmbereich unterstützen."
"Hallo.Willkommen.Guten Tag."
(Ich wurde kollektiv belächelt.)

Meine Gesichtsfarbe verwandelte sich innerhalb einer Sekunde von blass auf krebsrot. Diese Hitze am Kopf ließ mich das vermuten. Und sofort schwitzte ich dazu. Die ganze Stirn wurde feucht.

Tendenziell blass war ich schon immer. Verglichen mit meiner Zeit als starker Raucher, sehe ich heute regelrecht frisch aus. Das nikotingelbe-bleiche Antlitz verschwand. Die durch zu viel Nikotin zerstörten Kollagenfasern hatten ein paar wenige, jedoch unschöne Längs- und Querrillen entstehen lassen, die sich nach dem Rauchstopp wieder angenehm zurückgebildeten. Und noch ab und zu ins Sonnenstudio gegangen und schon wirkte das Ganze, also ich, nicht mehr so "zerknittert".

Rein statistisch schaffen es nur fünf Prozent aller Raucher, dauerhaft mit dem Laster aufzuhören. Und zu dieser Minderheit gehöre ich.

Weil mir der Rauchstopp als Kettenraucher wirklich niemand zugetraut hatte, schrieb ich später einen Ratgeber darüber, den ich im Eigenverlag anbot. Leider verkaufte er sich nur einige Male. Und Schreiben des Dankes erhielt ich keine. Das Aufhören beginnt im Kopf, mit einer Strategie und braucht einen starken Willen.

Wenn man erst mal mit dem anderen Geschlecht abgeschlossen hat, verliert auch das eigene Äußere einen gewissen Stellenwert. Und mit den inneren Werten, das ist auch so eine Sache.

Je mehr die Optik durch das natürliche Altern nachlässt, desto stärker werden die inneren Werte betont.

Nur was ist, wenn nicht jeder davon so viel in sich trägt? Und der "Mann" guckt lieber genüsslich außen als innen erfolglos zu suchen.

Meine Erfahrungen bei der Partnersuche im online dating Bereich der einsamen Seelen, die ich abrupt mit Ende Vierzig wegen Erfolglosigkeit eingestellt hatte, waren nicht so positiv wie erhofft und deshalb meine ich, Vorsicht ist geboten, denn:

"Vollschlank" ist dick. Und "erfahren" bedeutet alt.

"Sein Auskommen haben" meint, mehr ist nicht drin.

"Anfang Fünfzig" dehnt sich aus bis kurz vor Sechzig.

Größe und Gewicht werden so optimal ins Verhältnis gesetzt, dass es normal erscheint. Und sich die Chance auf ein näheres Kennenlernen optimiert.

Die extremste Erfahrung machte ich mit einer Frau über eines jener Portale, denen das Glück besonders für ältere Semester schwer am Herzen lag.

Und das hochpreisig, dafür aber versprochen auf bestem akademischem Niveau.

Es war erfreulicherweise noch in der Zeit des vierzehntägigen Widerrufsrecht, was mir widerfuhr.

Zudem fiel mir auf, dass attraktive und ansprechende Frauen auch auf die höflich und freundlich verfassten Schreiben von mir nie antworteten. Frauen, die weniger einladend wirkten, reagierten immer.

Dann waren viele auch schnell wieder verschwunden. Oder das Foto.

Aus unergründlichen Ursachen wurde ich von Damen gesperrt, die ich vorher noch gar nicht registriert hatte. Dass das Glück nun derartig schnell gefunden werden konnte, hielt ich für sehr unwahrscheinlich, wenn nicht ausgeschlossen. Jedoch lernte ich eine Frau in Natura kennen.

Und sofort danach, noch unterwegs auf dem Heimweg, kündigte ich im Rahmen des Widerrufsrecht per Handy den Vertrag.

Verkniff es mir tunlichst, meine wahren Vermutungen und Verdächtigungen zu äußern. Nach dem Motto: Nichts wie weg und bitte schnellstmöglich Hunderte Euro zurück, die als allererstes von meinem Konto abgebucht wurden.

Bei dieser Frau waren die eingestellten Fotos vor etwa zehn Jahren gemacht worden. Es stimmte weder das Alter, noch das Gewicht, noch die Größe.

Am verabredeten Treffpunkt ging ich erst an der Frau vorbei. Sie bemerkte und erkannte mich sehr wohl, kam auf mich zu und fragte: Und enttäuscht? Oder erfreut? Sie hatte ein überaus gesundes Selbstbewusstsein.

Dicke Lippe riskieren

Da ist es besser, sich selbst zu sagen, man wolle sowieso keinen Partner mehr. In einem Punkt bin ich froh, nicht mehr jung zu sein und dass diese Sturm- und Drangzeit vorbei ist in Bezug auf Frauen.

Was würde mir das Werben heutzutage schwer fallen mit den ganzen neuen Gepflogenheiten zwischen den Geschlechtern.

Und dieser ganze Schönheits-Hype dazu.

"Puppen" bewundern statt Poppen?

Jene, die liquide sind, gehen gleich unter das Messer und lassen sich die kleine, stupsige Einheits-Nase aller Operierten in das Gesicht fabrizieren. Andere formen nur gewisse Bereiche im Gesicht. Ich frage mich oft im Alltag, im Straßenbild, in dem viele von diesen Frauen zu sehen sind: Ist da was schief gelaufen oder wurde das genauso gewünscht?

Die Lippen sind so angeschwollen, als wäre die Besitzerin derselben an einem Bienenstock vorbei gekommen. Und in den typischen Bienenstich von früher, wer von ihnen den noch kennen sollte oder auch den unvergleichlich guten Butter-Zuckerkuchen vom örtlichen Bäcker, frisch und noch warm, kommt ja auch keine Hefe hinein, damit er aufgeht. Nein.

Es ist Rührteig.

Sehe ich nur von einer Seite diese markante und verräterische "Entenschnute", so muss ich nicht mehr von vorn schauen.

Das Ergebnis lässt sich so schon erahnen.
Wie küsst man so eine Frau? Geht das normal? Oder ist
Zurückhaltung und Vorsicht angebracht? Und weiter
unter dem Hals kann sich das synthetische Wunder
fortsetzen. Sorry, ich bin zu alt dafür.
Liebe Natürliches, was der Gravitation ausgesetzt ist.
Da schaue ich lieber der Gundi mit ihren schönen
Rundungen hinterher.

Diese unangenehme Person, dieses "Frettchen",
erinnerte mich sofort an den über mir wohnenden
jungen Mann. Zu laut, zu ignorant, zu arrogant.
Und altbekannte Gefühle von Ohnmacht und des
Ausgeliefertseins überschwemmten mein Inneres.
"Reaktivierung" werden solche Gefühle in der
Psychologie genannt. Jedoch - wehrt den Anfängen.
Ich gebe zu, als ich mich das erste Mal beschwerte, war
auch mein Wortschatz so dürftig wie von dieser
"Trällertante" neben mir und wenig erhellend, denn ich
war so aufgeregt und hörte mich selbst nur sagen:
"Sie gehen nicht. Sie trampeln! Ständig."
Gefolgt von weiteren Vorwürfen und Bitten in sehr
kurzen Satzbildungen. Subjekt, Verb und Objekt. Das
musste reichen. Mag sein, ein Adjektiv war ergänzend
dazwischen eingefügt.

Er neigte den Kopf und lächelte mich an. Es wirkte
tendenziell eigenartig.

Dann schloss er langsam die Tür. Das wiederholte sich in ähnlicher Form noch dreimal. Ich schien zumindest etwas sprachgewaltiger zu werden und er ebenso:
"Ist doch nur kurz. Fünf Minuten später bin ich fertig."
Es gab Spekulationen...na ja, was den Menschen so einfällt halt:
Ob er einer bestimmten Glaubensgruppe angehörte, die mit Wippen hin- und herläuft während des Gebets oder des Zitierens religiöser Texte ?
Vielleicht setzte er sein Lauftraining noch schnell zuhause fort.
Ein unbekanntes Ritual nur für Eingeweihte ?
Hyperaktivitätssyndrom mit Schlaflosigkeit?
Waren anregende, aufputschende Drogen im Spiel?
Hatte der arme Mensch etwa unter Zwängen gelitten?

Dieser Bursche versuchte den Hausbetreuer auch immer wieder auszutricksen mit Dingen, die ihm von diesem untersagt worden waren, er sich aber nicht daran hielt.
Wofür gibt es in Berlin überhaupt noch Hausordnungen, wenn jeder sowieso macht, was er will. Die Anarchie beginnt im Hausflur. Nicht auf der Straße.
Und immer dieses: Manno. Nur kurz. Nur heute. Es regnet.
Seine neue Freundin rief beim Sex immer:
"Oh, mein Gott." "Oh, mein Gott."
Sie musste sich entweder schrecklich vertan haben oder waren doch irgendwelche Drogen im Spiel?

Die jungen Leute sind ja sowas von naiv und geben freudig Auskunft über sich, was ihre persönlichen Daten betrifft. Und im Internet sowieso.

Wer sucht, der findet. So auch in diesem Fall, nämlich ich.

Daten und Fakten brachten ein paar Einblicke zur Person. Jedoch keine Klärung, warum bei diesem Menschen jegliche Handlung laut sein musste.

Und ging es nur um das Verrücken eines Stuhles, so geschah das mit einer ungewohnten Lautstärke.

Eine Art von normalem Vom-Stuhl-Aufstehen gab es nicht! Plötzlich, unerwartet und abrupt sprang er auf. Und diese mir unbekannte Sitzgelegenheit oder was er da auch immer unter ihm gewesen sein mochte, nun stehend, zusätzlich laut über den Boden nach hinten schob. Und das jeden Tag mehrfach aufs Neue:

Erst RUMMS und folgend dann BBBRR.

Und der Mensch hatte Fliesen in der ganzen Wohnung. Und noch in Weiß, damit jedes Staubkorn sichtbar wurde.

Wenn der wienerte und saugte, dann hörte sich das an wie eine einzige "Putzorgie".

Es schien kein Ende zu nehmen. Bevorzugt begonnen, sonntags am frühen Abend.

Zwischen den Nachrichten um neunzehn Uhr und der Ausstrahlung des Tatortes, und in einem Altbau ohne Schallisolierung übertrug sich das 1:1.

Gern fielen nachts auch Gegenstände (oder etwa er selbst) auf den Boden, die mich aufschrecken ließen. Allein das normale Hoch- und Runtergehen der Treppe im Hausflur verlangte dem Burschen anscheinend einiges ab. Er musste sich in hüpfender, polternder Manier runter bewegen. Und massiv trampelnd wieder hoch.

Ich erkannte ihn schon am "Gehen", da war er noch nicht einmal annähernd auf meinem Stockwerk angekommen.

Heißt es nicht so schön: Gottes Mühlen mahlen langsam - aber sie tun es. Ich hoffte sehr darauf. Und bekenne mich zu einem meiner "Abgründe".

Wie sich im Laufe der Zeit zeigen sollte, war das eine Masche, sich begriffsstutzig zu stellen. Der hatte es drauf. Und faustdick hinter den Ohren.

Als ich am Ende der Covid Bedrohung meine Maske nur halbherzig aufhatte, da war eine große Sehnsucht nach frischer Atemluft und nicht nach verbrauchter, sagte eine Frau im Rentenalter zu ihrem ebenfalls betagten Mann (also Risikogruppe) in einem Geschäft:

"Schau, der wird uns noch alle anstecken."
Dann sagte sie zu mir: "Maske auf."
Mit einem Schulterzucken und einer Geste der Hände in Richtung meiner Ohren, mimte ich, nicht zu verstehen.
"Der versteht uns nicht, Friedhelm."

Es kam den Beiden nicht in den Sinn, dass ich ihrem Befehl einfach nicht folgen wollte. Bevormundet und belehrt wird man inzwischen in inflationärer Weise. Und das von früh bis spät. Jeden Tag aufs Neue.

Auch andere Mitbewohner beschwerten sich. Und Regeln schien es für diesen Neumieter kaum zu geben. Es gab wohl einen besonderen Hintergrund.
Und da sollte man wegen Deutschlands Geschichte und dem gestiegenen Bewusstsein, wie schwer es ist wegen, sei es vor Krieg, Verfolgung, Armut und Sonstigem, zu fliehen und in einer ganz anderen Kultur neu anfangen zu müssen, ruhig ein wenig toleranter sein. Kein Vorwurf ist schlimmer als man sei Rechts, Rassist oder Radikaler. Alles überflüssige Gesellen.
Mit mir nicht! In meiner Verwandtschaft gibt es auch von vielem etwas. Ich weiß, welche Seite die gute ist. Und wo ich stehe. Ganz richtig.
Ich traf die Entscheidung, mich von dem Menschen nicht mehr weiter provozieren zu lassen nach dem Motto: "Gott vergib ihm, denn er weiß nicht, was er tut."
Ob überhaupt und welcher Gott wichtig war, wusste ich nicht. Diese belastende Wohnsituation hielt ich lange durch. Wenn auch mit enormen Schlafstörungen in der Nacht. Und weitere Unpässlichkeiten tagsüber kamen hinzu. Berentet war ich ja sowieso schon. Nur mein Hausarzt wunderte sich, weshalb ich mental so abbaute und mit Nachdruck nach starken Beruhigungs- und Schlaftabletten verlangte.

Freunde wurden wir nicht mehr.

Wie ich hinterher durch den lieb gewonnenen Hausfunk erfuhr: Er schaffte es nach sieben Jahren Studium, jahrelanger Tätigkeiten zur Zwischenfinanzierung und mit dem Alter von dreiunddreißig Jahren noch, ein Diplom zu erhalten. Das war die große Chance seines Auszuges. Was auch geschah.

Schnee von gestern. Auch überstanden.

Nun aber zurück zur Chorerfahrung. Apropos. Ich neige manchmal dazu, ausschweifend zu berichten.

Drei Themen- oder Diskussionsstränge gleichzeitig sind kein Problem für mich. Für andere schon.

Ich bitte das zu entschuldigen.

Ich sah mich in diesem Moment längst als Teil einer Gemeinschaft aus Gleichgesinnten, die zu Weihnachten in Altenheimen singen, Freude verbreiten und sich altruistisch benehmen. So schnell ließ ich mich nicht von diesem Vorhaben abbringen.

Ein Teil meines Lebens war immer die Musik, wenn auch eher in passiver Natur. Die Seiten wechseln zum Aktiven muss doch möglich sein?

Oder war ich schon wieder zur falschen Zeit am falschen Ort?

Das konnte nicht sein! Nicht schon wieder, bitte!

Nach der dritten Probestunde kam dann die Chorleiterin auf mich zu:

"Wir müssen mal reden!"

Das kenne ich seit meiner Grundschulzeit. Mal reden, das blieb erfahrungsgemäß, nicht ohne Konsequenzen. Schonend und für das Gehirn eines Mann gut verständlich, empfahl sie mir, eine andere Beschäftigung zu suchen. Die Stimme wäre ungeeignet für diesen Chor.

Ich glaubte zu hören, dass "dieser" Chor nicht für mich geeignet war.

Eine mich selbst aufbauende, selektive Wahrnehmung oder der letzte Hoffnungsschimmer?

"Ich weiß, ich brumme."

So kam es aus meinem Mund. Die Chorleiterin schaute mich konsterniert an.

"Wie bitte? Das gerade nicht."
"Ich brummte!"
"Herr Vosfelder, kommen Sie gut nach Hause. Alles Gute weiterhin."
Ein mitleidiges Lächeln gab es noch.
"Ja, Tschüss."

Märchenonkel

Wie ich schon erwähnte, beflügeln mich solche Rückschläge nicht besonders, nämlich überhaupt nicht, noch nicht mal im Ansatz. Es ist so grausam runterziehend. Sondern lassen mich in den geschützten Raum meines Selbst fliehen. In die innere Migration. Mir war doch bewusst, dass ich wieder lange brauchen würde, um einen nächsten Versuch zu starten. Hatte mir auf dem Weg nach Hause fest vorgenommen, nicht wieder Jahre oder sogar Monate mit dem nächsten Versuch zu warten. So langsam lief mir die Zeit davon im letzten Lebensdrittel. Ich gestattete mir diesmal eine Erholungszeit von höchstens vier Wochen und davon maximal fünfzig Prozent liegend. Das entschloss ich am 3. April.

Der Frühling nahte mit großen Schritten. Früher war mir dieser die liebste Jahreszeit von allen. Wäre es immer noch, gäbe es nicht schon seit Jahren im Mai Werte wie früher an Hochsommertagen. Oder so ununterbrochene Hitzeperioden gleich über Wochen. Die Ursache ist mir egal, das Resultat zählt und da sieht es nicht so gut aus. Die Einen meinen dieses, die Anderen sorgen sich um jenes. Fakt ist, es kann sehr heiß werden.

Zu früh und zu heiß. Und das global.

Der Mensch ist begrenzt in dem, was er verstehen kann. Und ist er selbst involviert und/oder bedroht, wird das Rationale vom Gefühl überlagert. Ich weiß, wovon ich rede…seit Auftauchen des Corona Virus.

Bevor ich meine Mithilfe beim Blutspendedienst anbot, fiel mir eine Annonce auf in einer der Zeitungen Berlins. Lesepaten gesucht. Toll, so dachte ich sofort.

Als begeisterter Vielleser war ich sofort Feuer und Flamme. Gute Bücher sind besser als jeder Film, diese konsumiert man mehr, als dass die Phantasie angeregt wird. Um so schräger und skurriler verfasst, desto mehr Freude beschert mir ein Buch. Keine Science-Fiction Literatur, das ist mir zu weit weg.

Dass mir diese Idee nicht selbst gekommen war? Leider waren diese Stellen schon vergeben, so erfuhr ich bei einem Anruf. Es gäbe aber viel Bedarf.

Gerade in Altenheimen und betreutem Wohnen. Da könnte ich fündig werden, so der Hinweis der netten Dame am Telefon.

Der erste Anruf erfolgte im Haus "Abendsonne". Ganz in der Nähe meiner Wohnung. Eine Einrichtung deluxe, so meine Vermutung.

Laut Internetauftritt hatte das Haus insgesamt einen gehobenen Standard, beste pflegerische Betreuung wurde garantiert, der respektvolle Umgang mit den Bewohnern wäre selbstverständlich und zur Unterhaltung gäbe es vielfältige Möglichkeiten.

Mit und ohne Begleitung und Aufpasser möglich.

Die Rezeption war rund um die Uhr besetzt und zu fast jeder Hilfe bereit. Wohnungen würden immer wieder frei.

Die Wartezeit würde im Durchschnitt nur elf Monate betragen, was verglichen mit drei bis fünf Jahren bei anderen, eher als einfacher zu bezeichnenden Einrichtungen, vernachlässigbar erscheint.

Wenn eine Wohnung frei wurde, war entweder wieder eine Person gestorben oder konnte die Kosten nicht mehr aufbringen. Mag sein, auch Angehörige fürchteten um das Erbe, was im Hause Abendsonne zum Verbleib großzügig zur Verfügung gestellt werden musste.

Eine erst kürzlich sanierte und modernisierte dreißig Quadratmeter große Wohnung mit Kochnische, eigenem Bad und Notfallklingel kostete je nach Lage zwischen 3500 und 4200 Euro. Nicht im Jahr. Im Monat!

Und "Lage" meinte in jenem Fall: Hell mit Sonne, halbschattig oder dunkel, da ebenerdig oder gen Norden.

Ob Gundi sich das wohl leisten könnte im Rentenalter?

"Haus Abendsonne, Frau Heydeviyzka aus Bratislava am Apparat. Was kann ich für Sie tun?"

"Sie für mich weniger. Ich eher für Sie. Hihihi."

"Wie bitte?"

"Spass beiseite. Brauchen Sie Lesepaten?"

"Grundsätzlich ja, nur derzeit keine weiteren."

Die beiden jetzigen reichen aus. Es besteht eher wenig Interesse. Die meisten unserer Bewohner kommen mit Lesehilfe, sprich Brille, noch gut zurecht."

"Schade." "

Meinen Sie, ich könnte später noch einmal nachfragen."

"Wie Sie meinen."

"Vielen Dank und Tschüss."

Diese vermeintliche Ablehnung verbuchte ich nicht als solche. Ungünstiger wäre es gewesen, ich wäre zum Vorlesen erschienen, in der Auswahl einer der Letzten mit gewesen und hätte erst dann eine Absage erhalten.

Nun war das "Petrus-Haus" an der Reihe mit einem Anruf meinerseits. Vielleicht hatte ich dort mehr Glück. Jeder sei willkommen in der christlichen Einrichtung. Egal welchen Glaubens oder Status, der Bewerber hatte. Man lebe tagtäglich gern in der Diakonie. Egal auch, ob Mann/Frau/Divers/Sonstige. Spiel, Spaß und Spannung gab es auch. Zumindest einen Nachmittag mit Bingo und einmal die Woche zum nahe gelegenen Wochenmarkt mit dem Bus.

"Hallo, hier spricht das Petrushaus."
"Mein Name ist Vosfelder, mit V wie vorn und nicht hinten."
"Äh? Warum rufen Sie uns bitte an?"
"Mir wurde gesagt, das Haus sucht Lesepaten. Und da wollte ich mal nachfragen."
"Ja, das stimmt." "Wir haben wirklich Bedarf bei den so vielen Bettlägerigen, die einfach nicht mehr lesen und tun können, wie sie es gern möchten."
"Wie läuft das denn so ab?"
"Sage ich Ihnen gern. Höchstens eine Stunde täglich pro Person. Maximal zwei Stunden pro Woche. Nicht

mehr als drei Personen insgesamt. Gesamtstundenzahl ist folglich sechs."
Genau das war meine Welt. Und würde mich keineswegs überfordern.

"Bücher werden zur Verfügung gestellt. Die Fahrkarte wird erstattet."
"Nur mal so nebenbei, bitte. Werden auch Lesungen aus der Bibel gewünscht?"
"Kann vorkommen. Eher selten. Sie glauben doch sicher auch an etwas, jemanden, der über uns allen steht?"
"Ja...ähm...ich...meine...ich...tendiere...eher...zu...so pseudo-religiösen Lebenshilfen wie Tarotkarten und Pendeln."

Knack. Die Leitung war tot. Die Petrus Frau hatte einfach aufgelegt.

Ganz unkompliziert wurde ich doch noch fündig.
Frohen Mutes und mit meinen drei favorisierten Büchern im Rucksack fuhr ich mit öffentlichen Verkehrsmitteln gut 30 Minuten durch die Stadt.
Für eine Großstadt mit neunhundert Quadratkilometern ist eine dreißig minütige Anfahrt wie "gerade um die Ecke" gelegen.
Ich meldete mich an der Rezeption und musste nur einige Minuten warten, bis die zuständige Frau mich in Empfang nahm. Wir gingen in einen kleinen Nebenraum bei der Hauptverwaltung des Hauses.

Frau Kürtner-Lüdenwalt gab mir einen kurzen Überblick.
Und erklärte mir, worauf ich bitte achten sollte. Sie
selbst wäre "immer für mich da".
Auch für alles? Ich "Schwerenöter", der ich immer noch
sein konnte, sah da so ein Bild vor mir.
Bevor ich nun zu meinem ersten Einsatz gehen durfte,
wollte ich Frau Kürschner-Lüdenscheid unbedingt meine
drei "Schätze" aus meinem großen Fundus an Büchern
zeigen:

Die Verschwörung der Idioten von Kennedy
Bad Regina von Schalko
Die Kunst Elch-Urin frisch zu halten von Rochus/Hahn

Für Menschen mit Humor, die sich selbst nicht immer so
ernst nehmen müssen, sensationeller, guter Lesestoff.
Und sehr unterhaltsam.
Ob die Frau mit dem schweren Doppelnamen die Titel
auch besonders fand wie ich, konnte ich überhaupt nicht
einschätzen. Ihr Gesichtsausdruck verriet nichts.
"Danke für das Mitbringen. Vielleicht kommen wir später
darauf zurück."

Frau S. im Zimmer siebenundsechzig, lag im Bett und
blickte zur Decke. Antwortete nicht auf meine bewusst
freundliche Begrüßung.
Ich setzte mich neben das Bett und nahm das bereits
daliegende Buch. "Dornröschen" stand auf dem Cover.

Und ich begann zu lesen. Mein erstes Ehrenamt
begann. "Täärää". Fanfare bitte.
Im Wort Ehrenamt stecken zwei wichtige andere Worte.
Das "Amt", das man für andere ausführt. Und die "Ehre",
die sich daraus für einen selbst ergibt.
Die vielen Ehrenamtlichen entlasten auch den Staat
finanziell enorm. Und sozial dazu. Einige ernähren mit
ihrem Engagement sogar Menschen mit, indem sie als
ehrenamtliche Mitarbeiter Lebensmittel an Bedürftige
ausgeben. Schön gebraucht zu werden. Das spürte ich
besonders stark gerade in jenem Moment. Auf Dauer
war das nicht gesund, nur so in den Tag hinein zu leben
mit Nichtstun und die Rotation um sich selbst.
Denn jede Rotation erzeugt Fliehkräfte, die nicht
unterschätzt werden sollten.
Gundi war noch halb berufstätig und hatte meist nur am
Wochenende Zeit. Aber auch bei ihr forderte das
zunehmende Alter den Tribut.
Dass auch so eine einfache Aufgabe wie Vorlesen
Tücken haben konnte, merkte ich zum ersten Mal so
nach vierzehn Wochen mit Frau Sauer.
Nach diesen Wochen konnte ich die Story mit der
Spindel und dem Prinzen schon auswendig aufsagen.
Das Buch lag nur noch pro forma auf meinen
Oberschenkeln. Ich döste gelegentlich kurz ein und
wurde durch mein eigenes, beginnendes Schnarchen
geweckt. Und wenn ich durch den nach hinten
gefallenen Kopf und die Verengung der Atemwege,
sowie mein eigenes "Holzsägen" abrupt wach wurde, so

schnellte mein Kopf nach vorn, gleichzeitig mit meinem Körper, der sich wieder stramm im Stuhl aufrichtete. Dauerte so eine Minuten-Kurzschlaf-Pause zu lange, meldete sich Frau Sauer mit einem demonstrativen Husten oder ihrem: "Weiter jetzt!" "Ich warte."

Frau Sauer verstarb "plötzlich und unerwartet", wie so viele in den letzten Jahren. Ach was. War doch schon immer so, dass alte Menschen sterben. Man denke nur an den plötzlichen Herztod, den erwartet ja auch keiner. Deshalb heißt es ja auch "plötzlich und unerwartet" und nicht vorhersehbar.
Frau Sauer tauchte nach ihrem Versterben noch einige Zeit in meinen Träumen auf: Mit der Spindel in der Hand und diese nach vorn gestreckt, kam sie drohend auf mich zu. An genau dieser Stelle des Traumes erwachte ich wiederholt schweißgebadet. Gleich im Anschluss wurde ich Herrn T. vorgestellt. Der Mann war körperlich angeschlagen und fast blind, aber geistig unglaublich rege und fit. Ich durfte ihn Horst nennen und er mich Bernd.
"Bernd, wie das Brot?" fragte er mich eines Tages.
Was hätte ich darauf antworten können?
Herr T., also Horst, war mit der Auswahl doch weit flexibler als die tote Frau Sauer. Auch von meinen drei mitgebrachten und geliebten Büchern würde er gern einmal vorgelesen bekommen. Das Buch mit dem Urin könnte altersgemäß passen, so meinte er. Er wollte gern mit Interesse darauf zurückkommen.

Seine Präferenzen lagen jedoch im Bereich der
Wehrmachts- und Kriegsliteratur.
"Im Westen nichts Neues" wollten wir auf Wunsch von
Horst für das kommende Jahr aufheben. Da war ich
aber froh. Es wurde geschafft, einen dicken Wälzer
innerhalb eines Jahres durchzulesen. Natürlich wie
gehabt, ich las Horst vor und er hörte zu.
Auch Horst starb plötzlich und unerwartet mitten in der
Nacht. Bei Frau Sauer kam der Tod am Tag.
Und der fragt nicht, wann es wem, wie und wann
genehm ist.

Ganz so abgeklärt, wie ich erscheinen mag, bin ich dann
doch noch nicht. Zwei Tote und Verluste innerhalb eines
Jahres, das setzte mir zu.
Auch wenn man jemanden nicht näher kennt, entsteht
doch Sympathie und man gewöhnt sich aneinander.
Und ist die entstehende Lücke auch noch so klein, die
beim Tode entsteht, ist sie vorhanden. Und Horst hatte
ich bereits etwas in meine Gedanken gelassen.
Trotz seines Alters und seiner beinahen Blindheit war er
ein so positiver und vor allem lebensbejahender
Mensch. Ruhe in Frieden, lieber Horst.
Ich ertappte mich bei dem Gedanken, wie lange der
nächste Zuhörer oder die nächste Zuhörerin durchhalten
würde. Mir wurde etwas flau im Magen bei diesen
Überlegungen. Ich brauchte eine Pause. Und hatte
etwas Unbehagen, nicht das Gevatter Tod nach mir die
Hand ausstrecken wollte. Dafür war ich noch zu jung.

Kinder, wie das Wissen vergeht

Und da waren ja auch noch die Grundschulkinder,
denen ich Lesen, Schreiben und Rechnen beibringen
konnte. Und Justine Lysine und Jeremy James wären
sicher froh über einen Ersatzopa, der ihre Mama
entlasten könnte.
Es gibt inzwischen Verhältnisse und Defizite, die auch
seit Jahren durch die PISA Studie bestätigt werden.
Wenn jemand nicht richtig lesen kann, kann er das
Geschriebene mit Inhalt und Sinn nicht begreifen und
nicht wissen, was eine Person oder der Lehrer von ihm
will. Ich stelle mir vor, jemand erklärte mir nur rudimentär
die Blindenschrift und ich sollte einen Text in dieser
lesen, dann müsste ich sagen:
"Tut mir leid, ich verstehe nur wenig."
Die betroffenen Kinder machen das anscheinend nicht.
Als zu meiner Jugendzeit ein junger Mensch von der
Realschule kam, so hatte dieser eine gute Bildung und
war in der Lage, eine Lehre zu absolvieren.
Und hatte zudem einen guten Start in das Berufsleben.
Mit dieser stabilen Grundlage konnte er auch eine
weiterführende Schule bis hin zum Abitur besuchen.
Und besonders wichtig, diese schaffen!

Heutzutage scheint es nach der zehnten Klasse einen
Basar zu geben mit Tombola und garantiertem Gewinn,
dem "Mittleren-Schulabschluss".

Beim Abschluss des MSA sind die jungen Menschen so um die sechzehn Jahre alt.

Da man die deutsche Sprache und die Rechtschreibung längst nicht mehr so ernst nahm, wurden die Noten wohlwollend "angehoben" und Sitzenbleiben verboten und trotzdem ist das Wenige an Anforderungen noch zu viel. Nur bedingt kann man mit Tricksen und Durchschleusen Schulversagern vorgaukeln, es ginge schon irgendwie mit diesen rudimentären Kenntnissen in Deutsch. Dann wird die eigentliche Leistung Fünf halt eine Vier im Zeugnis.

Die Mathematik jedoch ist konstant und nicht flexibel veränderbar. 12x12 bleibt immer 144. Und wer kein grundlegendes Kopfrechnen kann, ist noch nicht mal fähig, einfachste Schrippen zu verkaufen. Die Kasse könnte ausfallen. Und der Rechner im Handy auch. Was dann?

In Berlin sind etwa fünfundzwanzig Prozent aller Schulabgänger (mit Abschlusszeugnis MSA) überhaupt nicht in der Lage und es fehlen die Voraussetzungen, um eine Lehre zu beginnen.

Nada. Niente. Nitchevo. Nichts erzeugt einfach nichts! Eine Null bleibt eine Null.

Noch einmal fünfundzwanzig Prozent sind nur bedingt dazu fähig, vorausgesetzt, die Lehrherren und Ausbilder organisieren eine umfassende Unterstützung, auch mit was wohl? Nachhilfe!

Insgesamt fünfzig Prozent sind somit Problemfälle.

"Harzen", wie es früher hieß, kann keine Alternative sein. Jetzt würde es "Bürgergeldern" heißen.
Die Umstände haben sich nicht verändert, sondern nur "die Verpackung" in Form eines neuen Namens und einer zehnprozentigen Anhebung "der Bezüge" von Anspruchsberechtigten.
Hier in Berlin arbeiten nur dreiundvierzig Prozent aller Arbeitnehmer laut Statistik sozialversicherungspflichtig. Der Rest bekommt Bafög, Bürgergeld, wird aufgestockt oder anders alimentiert.

Letztens im Bus. Letzter Schultag vor den Winterferien. Es gab Zeugnisse.
Der Bus war voll und es war eng. Drei Stimmen waren direkt hinter mir zu hören:
"Ich habe mich verbessert. In Mathe auf Drei. Ansonsten Vieren. Und eine Fünf."
"Da bist Du der Beste von uns", so die Stimme eines Mädchens hinter mir.
Ich habe immer noch vier Fünfen."
"Und ich wieder eine Sechs in Mathe und eine Fünf in Deutsch."
So das zweite Mädchen.
Note 6 ist ungenügend. Da blieb dann so gut wie nichts hängen.
Note 5 ist mangelhaft. Wegen großer Mängel reicht die Leistung nicht aus.
Note 4 ist ausreichend. Bedeutet, es genügt gerade so.

Es macht einen großen Unterschied, ob mein Wissen noch ausreicht, ob ich darauf aufbauen kann oder ob ich kaum Orientierung über den Stoff habe (also keine Ahnung).

Falls an dieser Stelle bei der Zensurenvergabe zu großzügig verfahren wird, verschiebt sich das Problem nur von Jahr zu Jahr weiter.

Und was dann bei der Hälfte der Berliner Schüler mit MSA Abschluss dabei herauskommt, ist nicht nur eine Warnung, sondern wie reines TNT für die Zukunft.

Würde es Sinn ergeben, noch zwei Zensuren nach unten einzuführen? Also eine 7 und 8?

Oder gleich wie bei Umfragen zur Kundenzufriedenheit eine 1-10 mit Schieberegler? Das hätte den Vorteil, dass eine eigentlich mangelhafte Leistung bei einer 3 noch erfreuliche Luft von 7 Punkten nach oben bis zur 10 hätte.

Und so könnten auch erboste Eltern leichter aufgeklärt werden, die ihr Kind vielleicht schon als kommenden Leistungsträger mit Hochschulkarriere sehen, welcher Weg der Karriereleiter noch zu erklimmen wäre.

Was der Mensch sieht, merkt er sich besser als das, was er nur hört.

Und wer nach dem Sehen auch noch anfassen darf, das bleibt noch besser in Erinnerung.

Es wäre dabei zu berücksichtigen, spontane und unaufgeforderte Berührungen mag nicht jeder und jede. Und können als Belästigung ausgelegt werden.

Und was auch den schlechtesten und nicht gewillten Schülern einen Anreiz bieten könnte, wäre eine Ergänzung des Punktesystems z.B. mit:
Deutschkenntnisse: Ja/Nein.
Verständnis: Ausreichend/nicht ausreichend.
Motivation: Vorhanden/nicht vorhanden.
Anwesenheit: Normal/kaum/abwesend.
Ich verliere mich gerade in Details. Aber dieses mitgehörte Gespräch machte mich so neugierig, mir diese Drei unbedingt ansehen zu wollen.
Beim Aussteigen konnte ich mich nicht zurückhalten, mich umzudrehen und zu schauen, wer diese Kinder mit latent vorhandenem Potenzial waren.
Da ging noch was. Luft nach oben gab es genug.
Da sind die Lehrer gefragt. Wo sind sie?
Reicht das Engagement noch aus für die besonderen Herausforderungen in diesen so erfreulich bunten Klassen?
Bei so viel Ferienzeiten muss doch genügend Raum zur wahren Regeneration vorhanden sein, oder etwa nicht!?
Und es gab für die Lehrkräfte genügend Zeit zuhause während der Corona-Schließungen.

Jetzt könnte ich gleich die Geschichte mit Justine Lysine und Jeremy Clayton James und der Mutter von ihnen erzählen.
Man hört ja, dass es viele und immer mehr Alleinerziehende gibt, von denen die meisten nicht oder

gar nicht genug verdienen (können) und oft Bürgergeld beziehen, bzw. unterstützt werden müssen.

Mit dem Ausdruck "alleinerziehend" bin ich vorsichtig geworden. Wirklich, tatsächlich und täglich allein ein Kind zu erziehen, davon gibt es nur wenige. So bezeichnen sich auch jene, bei denen der Expartner oder Erzeuger (meistens verbleiben die Kinder bei den Müttern) noch präsent ist. Und sogar mit Hilfe und Unterhalt. Treffen dann mal eine wirkliche und eine sich selbst ernannte alleinerziehende Mutter aufeinander, sind die Gräben größer als vermutet.

In welche Kategorie die Mutter von den beiden Kindern gehörte, da war ich gespannt. Auf der Vermittlungsstelle konnte, oder ich vermutete, wollte man mir keine Auskünfte zum Vater geben. Vielleicht gab es ja auch zwei davon.

Außer der geäußerten Tatsache, dass sich kein Mann im Haushalt befände, blieb ich im Nebulösen haften.

Dahin musste ich fahrtechnisch etwas länger unterwegs sein als damals als Vorleser. Da ich nicht so leicht dem äußeren Schein erliege, bewertete ich weder die Wohngegend, noch das Gebäude, den Hausflur und die Wohnungstür vorschnell.

Als die Tür aufging, standen mir alle drei gegenüber und quetschten sich zusammen. Die hatten alle denselben Friseur, der fähig war, haargenau dreimal denselben Schnitt zu fabrizieren. So mein erster Gedanke.

Ich dachte: Lass Dir jetzt bloß nichts anmerken!

Seit kurzem wieder häufiger im Stadtbild zu sehen, ist der "Vokuhila". Für die Unwissenden heißt das: Vorne kurz, hinten lang.

Und Kurz zu Lang und umgekehrt konnte sehr variabel gestaltet sein.

Bei den drei Menschen war es nicht so ein extremer Unterschied. Moderat und erträglich. Konnte man so durchgehen lassen.

Einige Tage vor dem Kennenlernen der Drei hatte ich mich mit Jose und seiner Frau zum Essen getroffen.

Und als beide auch ihre Plätze mir gegenüber eingenommen hatten und mein Blick ging von links nach rechts und retour, fragte ich spontan, ob beide beim Friseur gewesen wären.

"Derselbe?" Ich musste mich beherrschen. Lol.

"Und direkt hintereinander?"

Sie sagte: "Ich war zuerst dran."

Leider machte ich eine kleine, verräterische Geste mit dem Finger bei ihm auf die Stelle hin, wo eine Stufe so offensichtlich war. Der Friseur hatte sich bei ihr und ihm derbe vertan. Von "Schnitt(en)" konnte nur insofern die Rede sein, dass anscheinend welche erfolgt waren. Die gewünschte Durchstufung war sträflich vernachlässigt worden.

Die zwei hatten gewiss in ihrem Alter nicht um einen "Vokuhila" gebeten.

Sie, Daniela, nahm mir diese Frage und die durch mich entstandene peinliche Situation sehr übel. Immer wieder erwähnte sie diese direkt oder nur mal so "nebenbei", wie sie meinte, trafen wir alle aufeinander.

Jose konnte hinterher gemeinsam und allein mit mir herrlich über diesen Haarschnitt und den Friseur lachen. Vier Monate später und knapp sechs Zentimeter Länge mehr, war das Malheur durch natürlichen Nachwuchs des Kopfhaares (fast) behoben. Und Jose sah bis dahin aus wie ein eingefleischter Fan von Woodstock.

Der Friseur sah ihn nie wieder. Daniela wollte noch einmal in sich gehen, ob sie dem Herrn "cutter" eine weitere Chance geben sollte.

Justine Lysine und Jeremy Clayton James waren zwei aufgeweckte Kinder.

Die Mutter namens Babette arbeitete nur zwanzig Stunden pro Woche und kam trotzdem zu nichts, wie sie mehrfach erwähnte. Sorgen machte ihr die Schule. Die Kinder waren so im Durchschnitt auf Note Drei. (Ich konnte also von einer Leistung Note Vier ausgehen.) Mit Hilfe und Zeit könnte das noch besser werden, so ihre Ansicht. Da pflichtete ich ihr bei und wäre gern bereit, die beiden zu unterstützen.

Auch das Alter von Lysine mit Acht und Jeremy mit Sechs passten gut zu dem, was ich leisten konnte und mir zutraute. Also erste und dritte Klasse.

Super, dachte ich froh.

Wie alle Kinder heutzutage, verbrachten auch diese Kinder viel Zeit vor dem PC und mit dem Handy, waren wir mit den Hausaufgaben und Berichtigungen fertig.

Gelegentlich spielten wir auch mal eines dieser modernen Gesellschaftsspiele. Nicht auf dem Brett, sondern am PC. Während der Hausaufgaben, ging die Verständigung noch relativ gut.

Wurde es aber lauter und mehr durcheinander geredet, dann fiel es mir schwer, zu folgen und zu verstehen. Begann bei mir schon die Schwerhörigkeit mit nur 55 Jahren? Unerwünschte Werbung erreichte mich auch bereits für Sessellifte. Ach nee, vertan, die heißen ja Treppenlifte.

Mir erging es so wie regelmäßig im Bus, wo ich mich vor lauter "Sch" und "Tsch" Lauten fragte, welche Sprache das wohl sein könnte? Und auch, weil ich kein deutsches "ch" hören konnte, wurde ich misstrauisch. Wenn es dann gelang, einen Satz zu verstehen, kam mir die Erleuchtung: Sie sprechen Deutsch. Auf eine besondere Art und Weise.

Das Erstaunliche ist inzwischen, dass auch deutsche Kinder (oft als Minderheit in Klassen) diese Art von Deutsch übernehmen. Für mich als Alten klingt das regelmäßig wie eine Fremdsprache.

Wie ich erfuhr, tauchte der Vater nur noch selten persönlich auf, da er eine neue Familie gegründet hatte. Er zahlte aber, wenn es ihm finanziell möglich war, den Unterhalt oder zumindest einen Teil. Eines Tages rief mich zwei Tage vor dem nächsten Termin Babette an und meinte: Es täte ihr schrecklich leid und hätte absolut nichts mit mir zu tun, sie möchte jedoch diese Hilfe durch mich beenden.

Ich fragte sie, was der Grund sei. Sie antwortete, sie hätte einen neuen Freund und der wolle nicht, dass da so ein Typ "um sie herumschwänzelt" und vielleicht noch in den Schränken "rumschnökert". Der Idiot! dachte ich wütend. Aber, da kann man nichts machen. Und Akzeptanz und sofortiger Rückzug waren die einzigen Optionen.

Beinahe hätte ich vergessen, die Betreuung von Waldemar Lukas zu erwähnen. Ich wohne seit einigen Jahren in einer guten Wohnlage laut Berliner Mietspiegel und das nur, weil ich gerade den einen, mal richtigen Kontakt zur richtigen Zeit hatte. Und mein Betreuungskind lebte nur eine U-Bahnstation weiter, jedoch bereits in einer "sehr guten" Wohnlage.
Wer sich in meiner Ex-Branche ein bisschen auskennt, weiß, dass man in solch einer Gegend nicht arbeiten sollte. Da waren die Ansprüche an das "dienende" Personal und die Art des Bedienens noch höher.
Ich wollte halt nur mal ein Kind betreuen und hoffte als Ersatzopa vielleicht auf ein wenig Familienanschluss. Der kleine "Fratz" von vier Jahren war richtig goldig. Wir lernten uns kennen, mögen und langsam kam der Tag der ersten Betreuung ganz allein für drei Stunden. Die verliefen gut und darauf folgten einige weitere.

Auch wenn ich nie eigene Kinder wollte, mag ich die meisten dennoch. Und ich habe mir eine kindliche Seite bis heute konserviert. Die noch relativ reine Seele lässt sich nur bei kleinen Kindern finden.

Das Ende liegt so etwa bei drei Jahren. Je mehr Fähigkeiten erworben werden und je bewusster sich die kleinen Menschen ihrer selbst werden, desto mutiger und frecher werden sie. Das setzt sich dann über Jahre fort und erreicht den ultimativen Höhepunkt in der Pubertät. Und Eltern waren und sind auch später so gut wie immer schuld. An allem.

Jedoch hat jeder Mensch seine vererbten, individuellen Anlagen und so kann es sein, dass das auf eine spezielle Art maulende, schmollende Kind übergeht in den ebenso agierenden, maulenden Erwachsenen.

Und nicht jede Mutter oder jeder Vater ist bereit, vom bereits adulten "Junior" weiter verbale Schläge einstecken zu müssen.

Die wenigsten Eltern stellen sich mutig einer Auseinandersetzung und den Fragen des Kindes, was in der Erziehung gut lief und was nicht so. Können kaum Kritik ertragen, weil man es doch nur gut meinte. Wenn das aber geschieht und Gespräche möglich sind, kann das bereichernd für die Seite der Eltern und auch der des Kindes sein. Und es besteht die Möglichkeit, sich bei diesem oder jenem zu verzeihen.

Läuft es einseitig und somit schief und erfolgt daraus keine weitere Entwicklung "des Kleinen", so ist manche Mutterliebe schwer herausfordert.

Nicht nur Kinder können sich ihre Eltern nicht aussuchen, die Erzeuger selbst ja auch nicht und so dürfen auch auf deren Seite enttäuschte Gefühle entstehen.

Manche Charaktere sind auch zwischen Eltern und Kindern schwer kompatibel. Und mit Geschwistern ist es nicht weniger kompliziert, nur mit ihnen und einem selbst ist das Band nicht ganz so festgezogen und eine notwendige Distanzierung nicht immer, aber oft leichter.

So wie sich manche Eltern verzweifelt fragen, woher das Kind bestimmte Eigenschaften hat, so fragen sich Geschwister, ob der Vater derselbe war?

Waldemar Lukas war ein kluger, sehr aufgeweckter Junge. Warum? Wieso? Wie geht das bitte? Nie stand sein Mund still. Nur sehr selten.

Im Memory schlug er mich immer und auch als talentierter Baumeister mit Klötzen schien er mir bereits überlegen. Er schien nicht nur sehr wissbegierig zu sein, sondern auch extrem mitteilungsbedürftig.

So erzählte er mir ungefragt familiäre Dinge, die sicher nicht für jeden bestimmt waren. Aber: Wie schon erwähnt, bin ich ein loyaler Schweiger.

Und werde diesem Anspruch an mich selbst, auch praktisch und "wirklich" gerecht.

Eines Tages, wir hatten uns schon einige Male getroffen, sagte er:

"Papa und ich haben eine neue Kamera gebaut. Willst Du die sehen?"

"Welche Kamera?" dachte ich. Und sagte das leider auch laut.

Ich war mir nicht wirklich sicher, wie ich antworten sollte, da war er bereits schon beim Versteck. Und zeigte es mir und dann die Minikamera. Als ich ganz nah davor stand, registrierte ich leider erst das kleine, grüne und blinkende Lämpchen. Im Aufnahmestatus!
Und ich mit vollem Gesicht davor. Jede einzelne Pore in diesem musste gut erkennbar sein.
Diese Betreuung durfte ich noch beenden.
Das Ehepaar meldete sich danach nie wieder bei mir.
Dabei war ich unschuldig. Denn ich hatte weder geschmökert und ich wollte gewiss nicht von der Raumüberwachung in Kenntnis gesetzt werden.
Der Übeltäter war der Kleine. Für die Eltern gestaltete sich der Eindruck ganz anders herum.

Nach diesen zwei Versuchen als Kinderbetreuer, war mein vorläufiges Fazit: Das Einzige, was stört, sind die Eltern.
Es gibt Bücher wie "Das Einzige, was stört, ist der Kunde" und "Bitte nichts mit Menschen", warum gibt es denn keines über den Umgang mit diesen modernen Eltern? Ich hätte bereits vorgewarnt gewesen sein können aufgrund meiner vielfältigen Beobachtungen, die ich erlangen konnte, da ich direkt gegenüber einer Grundschule wohnte.

Apropos Kameras. Es hielt sich jahrelang ein Gerücht, dass ein besonders unangenehmer Vertreter meiner Zunft sein Personal überwachen sollte.

Da er gern bei sich Zuhause weilte, konnte er die Angestellten immer im Visier haben. Und stand einer untätig herum, gab es einen motivierenden Anruf.
Sprich: Einen Anschiss. Ob das wirklich so wahr war, man weiß es nicht, nur gerade dieses Gerücht hielt sich besonders hartnäckig und lange.
Kaum etwas, was Menschen so tun, scheint mir noch irgendwie fremd.
Und ich bin in meinem Leben schon in einige kuriose Situationen geraten.
Aber über eine lache ich noch heute. Und das immer wieder. Auch wenn es bisher nicht erschienen sein mag: Die Frauen mochten mich.
Anfänglich zumindest. Und an Frauen gab es einige. Auch jene Erfahrungen wären buchfüllend. Und dann die Stories mit meinen (vielen) Arbeitsstellen und den Taktiken in diesen, mal schauen, ob ich daraus auch was fabrizieren werde.

Eine Frau und ich, wir waren uns schon etwas näher gekommen, lagen und saßen abwechselnd nackt auf dem Bett. Ich konnte immer schon nicht so lange still sitzen. Und die Hände wollten auch bewegt werden. Leider geschah gerade in dieser Situation eine ungeschickte, komische Geste und ich hörte meine eigene Stimme, die sagte: "Guck mal!"
Die neue Bekannte lächelte, setzte ihre Lesebrille auf und beugte sich bis auf etwa zehn Zentimeter auf mein Geschlechtsteil herunter: "Da ist nichts zu sehen!"

Die Frau schaute anscheinend genauer und ansonsten passierte nichts weiter. Sie richtete sich auf und lächelte mich freundlich an.

Dass ich als Mann gleichzeitig verunsichert und heilfroh war, dass sie nicht zugebissen hatte (wer kennt nicht die Kastrationsangst als Mann), muss ich nicht weiter erklären, beziehungsweise betonen.

Aber ich, der ansonsten wortgewaltig daherkommen konnte, zeigte mich sprachlos. Wir beendeten das aus lauter Höflichkeit, was vorher begonnen wurde. Mehr aus Prinzip, denn aus Lust. Nachdem der Geschlechtsakt in einer eher traditionellen Form vollzogen war, traute ich mich doch, ihr eine eher intime Frage zu stellen: "Wieviel Dioptrien hat Deine Brille bitte?"

Auf meiner Liste standen ja noch andere Möglichkeiten. Und ich wollte weiter Neues kennenlernen. Die Möglichkeiten ausloten.

War gerade so richtig mitten im "flow"!

Mir erzählte ein Mitglied der FF, der Freiwilligen Feuerwehr Berlin, wie gut es ihm dort gefallen würde. Er neben den interessanten Aufgaben, die FF übernimmt auch als Entlastung Aufgaben der Berufsfeuerwehr, zudem eine ganz tolle Gemeinschaft gefunden hätte. Und bereits ab dem Alter mit nur zwölf Jahren in die Jugendfeuerwehr eintrat. Körperlich fit sein sollte man schon für die Einsätze. Und mental belastbar.

Das eine war ich kaum noch, das andere gelegentlich auch nicht.

Blech am Bande

Ich schaute mir die Liste an, die Gundi und ich erstellt hatten, wo ich weiter versuchen könnte, ein für mich geeignetes Ehrenamt zu finden.

Nein - Haken. Nein - Haken. Noch nicht - Kreis. Später-Kreuz. Vielleicht - Sternchen.

So ging ich die einzelnen Punkte durch. Ohne Entscheidung, welcher Versuch, wo der nächste werden sollte, kam ich nicht weiter.

Also schloss ich die Augen, wedelte das DIN A4 Blatt mehrfach hin und her und zeigte mit der rechten Hand auf eine Stelle. "Blutspendedienst".

Wie war denn diese Position auf das Blatt gekommen? Ich und Blutspende? Das ging nicht zusammen. Ich konnte mein eigenes Blut nicht mal sehen ohne Flauheit und sollte jetzt spenden?

Gundi und ich sollten weniger Alkohol trinken, dachte ich als erstes. Ich rief Gundi an, die zum Glück schon von der Arbeit zuhause war und fragte, ob sie sich erinnern könnte, was es damit auf sich hat.

Sie überlegte kurz und antwortete erst:

"Nein." Pause.

"Ich erinnere mich wieder. Es ist circa vierzehn Tage her. Sie suchen Leute, die beim Blutspendedienst helfen. Beim BfA (Blut für Alle). Probiere es doch einfach, bitte."

Ich bedankte mich bei ihr und legte zügig auf.

Im Internet machte ich mich etwas kundig, was es allgemein mit dem Blutspendedienst auf sich hatte. Erlaubt war eine Blutspende nur in bestimmten Abständen und einer vorgegebenen Menge. Entweder bei karitativen Einrichtungen oder in privaten Laboren möglich. Die ganze Prozedur wäre unproblematisch. Geld gäbe es nicht, jedoch bei wiederholten Spenden was in Blech für das Revers.
Auf gut Deutsch: Einen Orden.

Und dann las ich auch mehr über die "BfA". Die BfA war eine der größten karitativen Organisationen in Deutschland. Ja, da war es, Ehrenamtliche wurden für den Blutspendedienst gesucht und dabei stand eine Telefonnummer zur "unkomplizierten" Kontaktaufnahme. Da ich nicht wieder Tage vergehen lassen wollte und es mit mir besser ist, sofort etwas zu erledigen, bevor die Lust wieder nachläßt, wählte ich also diese Nummer:

"Hallo, BfA, Blutspendedienst."
"Hallo, Herr Vosfelder, ich habe gelesen, Sie suchen Ehrenamtliche für den Blutspendedienst?"
"Das ist richtig. Die zuständige Frau N. ist heute leider nicht da?"
"Wann kann ich wieder anrufen bitte?"
"Kann ich Ihnen nicht sagen. Probieren Sie es einfach. Oder hinterlassen Sie Ihre Nummer."
"Okay. 0151/4567..... . Auf Wiederhören."
"Tschüss."

Frau N. rief mich noch am selben Tag am frühen Abend an. Gleich für den nächsten Nachmittag verabredeten wir uns für ein persönliches Kennenlernen.

Dort, wo ich erscheinen sollte, war die Blutspende bereits angelaufen und Leute kamen und gingen. Es gab einen großen Raum für die Abnahme. Und einen vorderen Eingangsbereich mit einem großen Tisch für ca. fünfzehn Personen, der köstlich gedeckt war mit Obst, geschmierten und liebevoll belegten Brötchen, Kuchen, Säften, Mineralwasser und sonstigen Esswaren. Der Anblick des Tisches lud zum Verweilen ein. Eine Frau, noch älter als ich, fragte, was ich wollte und führte mich dann in einen Nebenraum zum Warten. Diesen Raum durchquerten anscheinend Leute vom Fachpersonal wie Krankenschwestern und Ärzte.

Aber komisch, schoss es mir durch den Kopf, da grüßte keiner. Warum herrschte dort eine Atmosphäre ähnlich wie an Arbeitsstätten? Und warum kam ich plötzlich so vor, als hätte ich ein Bewerbungsgespräch vor mir? Das Gespräch mit Frau N. verlief wider Erwarten gut und in lockerer Atmosphäre. Ja, man würde unbedingt und schnell mehr Hilfe durch Ehrenamtliche im Blutspendedienst brauchen. Ehrenamtliche sind meistens Ältere und Rentner. Und so langsam starben diese allein altersbedingt weg. Junge Menschen zeigen kaum Interesse für ein Ehrenamt. Ein soziales Jahr war inzwischen schon zu viel. Und Arbeit überhaupt, stand grundsätzlich in Frage.

Ich würde aufgrund meines doch noch "recht jungen" (?) Alters vorn am Tisch meinen Dienst tun. Indem ich auf die Blutspender achtete, dass es ihnen gut ging.
Falls nicht, jemanden vom medizinischen Fachpersonal holen. Kaffee einschenken und die vollen Tabletts vorn auf den Tisch stellen, gehörte ebenfalls zu meinen Aufgaben.
Ich bekam sogar noch ein klein wenig Geld dafür. Die Fahrkarte wurde mit einer Pauschale ersetzt. Und pro Stunde gab es eine Aufwandsentschädigung von zwei Euro dazu.
Der Termin für den ersten Einsatz stand und ich freute mich riesig.

Liebe Leser, ich versuchte bereits dreimal meine Erfahrungen mit dem BfA Blutspendedienst zu erzählen und merkte dabei, wie unlustig ich wurde und regelrechte Widerstände verspürte, diese Erinnerungen überhaupt im Ansatz zulassen zu wollen.
Ich weiß auch, für den Leser sollte ein Spannungsbogen aufgebaut, gehalten und subtil verfeinert werden. Sonst ist es keine Belletristik, sondern ein unter Umständen ödes Sachbuch. (Von dem bin ich weit entfernt, so etwas zu schreiben, da ja alles auf Phantasie beruht.)
Um mir vorab etwas Raum und wortwörtlich Luft zu verschaffen, bitte gestatten Sie mir einen kleinen emotionalen Ausbruch. Und ich bitte um Verzeihung, wenn ich nun leider die nötige Distanz verliere, um nur einigermaßen fair zu berichten.

Wäre diese Erfahrung meine erste bei der Suche nach einem Ehrenamt gewesen, dann hätte ich sofort wieder das Bett aufgesucht und mit der weitreichenden Konsequenz hätte es für alle bedeutet: Never ever!

Ich schätze diese bewahrte kindliche Seite in mir, dass ich jedoch so wirklich naiv denken konnte, das ließ mich kurzzeitig an mir zweifeln.
So wie die von mir nicht verstandene und bemängelte Annahme der Bevölkerung, alle, die in bestimmten Bereichen arbeiten, wären vom Helfersyndrom befallen, so ging ich anscheinend davon aus, dass Menschen in Ehrenämtern, besonders, anders oder erhaben sein müssen.
Ich war neben der Frau im Service mit Abstand "der Zweitjüngste".
Dominiert wurde diese Gruppe von drei Frauen, wie ich so mittendrin erfuhr, von dreiundsiebzig, achtundsiebzig und dreiundachtzig Jahren. Und diese ehrenamtliche Gruppe würde sich in absehbarer Zeit mit dem Versterben aller wortwörtlich erledigen.
Auflösung einer Gruppe durch ein natürliches Ableben.
Während wir ernsthaft ein Auge auf die Blutspender nach ihrem Einsatz hatten, die Brötchen und sonstiges nach vorn holten und immer präsent waren, saßen diese älteren Frauen wie fixiert auf dem Stuhl an dem Tisch.
Hauptsächlich rührten sich die Hände zum Schmieren und die Münder zum Reden.

Saßen. Schmierten. Redeten.
Erlaubt war, sich einen Kaffee zu nehmen. Wer
wagemutig war, griff auch zum Mineralwasser oder
schnell zu einem Saft. Nach über zwei Stunden im
Einsatz hatten wir zwei "Bedienungen" (wie ich dieses
Wort zu hassen gelernt hatte) einen leeren Magen. Nicht
zu vergessen, dass sehr Alte immer weniger Appetit
haben und auch immer weniger geschmeckt wird. Ich
ging in die Küche und nahm mir zwei geschmierte
Hälften, also nur ein einziges Brötchen.
Und beim dritten Einsatz von mir, der nach sieben
Wochen erfolgte, sagte die Älteste, diese anscheinende
Älteste bei gleicher Aktion von mir:

"Hast Du Zuhause denn nichts gegessen?"

Selten machte man mich sprachlos im Leben. In der
Situation war ich es. Ich ließ spontan und ungewollt laut
den Teller auf die Küchentheke knallen.

"Gehe bitte nach vorn. Da gehörst Du hin."
"Aber da ist ja gerade niemand."
"Egal. Da muss immer jemand sein."

Dabei war ja Elena noch vorn am Tisch.
Und diese Bemerkungen eh vollkommen unsinnig und
eindeutig unnötig.

Zwischen dem ersten und dritten Einsatz, folglich dem zweiten, war ich bei einer wirklichen Großveranstaltung zur Blutspende zugegen. Ein Unternehmen mit vielen Angestellten wollte Gutes tun.

Und wir auch wieder. Zur direkten Verkostung standen nur ich und die andere Frau im gleichen Alter zur Verfügung. Es war ein wirklich großer Raum.

Und hinten an der Fensterfront saßen fünf Damen, die saßen, schmierten, plauderten munter und zu laut.

Die Mengen an Spender überforderten Elena und mich schnell und das sehr. Zum ersten Mal konnte ich mir vorstellen, was Bedienungen leisten. Und das oft täglich. Mir taten verschiedene Körperregionen weh.

Meine Nerven wurden schwach und die Wut stieg ins Unermessliche, als ich auch noch das Tablett von den "Schmiermüttern" abholen sollte. Keine regte sich, uns beiden zu helfen.

Aber alle gaben viele Anweisungen, wo leere Tabletts standen, um sie zu ersetzen. Gebrauchte Teller, Tassen und Gläser sollten auch zügig von uns beiden entfernt werden. Und danach ein frisches Gedeck aufgelegt.

Diese Frauen rührten sich nur vom Fleck und vom Stuhl hoch, um selbst zur Toilette zu gehen.

Elena, die nette Mitstreiterin, warnte mich ausdrücklich, bloß keine Brötchenhälfte zu nehmen und zu essen, da die Frauen alles sehen konnten.

Schlecht vor Hunger und erschöpft von der harten Arbeit sagte ich zu Elena: "Es reicht mir. Ich gehe gleich."

Ihr freundliches, eindringliches Bitten zu bleiben, hielt mich zurück.

Jedoch verbat mir zudem mein doch gelegentlich gut funktionierendes Gewissen, sofort zu gehen.

Darunter hätten die Blutspender gelitten und nicht diese äußerst unangenehmen Frauen an ihren Tischen.

So schleppte ich mich hungernd und genervt noch den Rest der Zeit dahin.

Was ich auch sofort auf dem an der Wand hängenden Kalender registrierte, die Termine waren alle mit Einträgen voll. Und zwar hauptsächlich von den drei verwelkten Pomeranzen. Das bedeutete, ich hatte immer mit diesen zu tun, egal wann ich im Einsatz gewesen wäre

Und sorry, bei diesem hohen Alter fand ich die vielen Einsätze mehr als erstaunlich. Ich schlussfolgerte daraus, dass die "Ehrenamtlichen" das Amt in Ehren auch aus finanziellen Gründen hatten. Und dass ich helfen wollte, aber nicht musste, konnten diese Frauen nicht wissen. Und sie könnten eventuell gedacht haben, der macht das alles so mit, wie wir das wollen, weil er das Geld braucht. Reine Spekulation von meiner Seite. Mein Anruf bei der Leiterin des Ganzen erfolgte spontan und erklärend einseitig. Ich ließ sie bewusst nicht zu Wort kommen, sondern analysierte Frau N. ausführlich, was für ein Scheißladen das wäre und ich meine Zeit vertan hätte. Ihre Versuche, mich umzustimmen, damit ich bliebe, fruchteten nicht. Wie konnte ich nur so naiv sein, zu glauben, dass Menschen im Ehrenamt anders sein müssten als ansonsten gewohnt?

Es sind überall dieselben Menschen. Wo hatte ich das gelesen? Oder gehört?

Aber nicht nur für die Spender, sondern auch für die Ehrenamtlichen gab es "Blech am Bande" für den langjährigen Einsatz. Je emaillierter, desto länger war die Zugehörigkeit zu dieser Truppe gewesen.

Ob unser geschätzter Bundespräsident diese auf Wunsch persönlich übergeben würde, an die drei Damen? Eine war beinahe sechzig Jahre dabei.

Er war sehr großzügig und nicht so wählerisch mit der Vergabe von Orden. Deshalb vermutete ich, dass er schon genug zu tun hatte und ausgelastet wäre.

Gestreckte Dynamik

Mir war bewusst, dass diese mich prägende Erfahrung
bei der BfA (Blut für Alle) nicht repräsentativ sein
konnte. Wahrscheinlich gab es noch weitere Gruppen, in
denen es etwas gemütlicher zuging.
Doch danach fragte ich ja gar nicht mehr. Es gibt für
mich so Schlüsselerlebnisse, da geht dann nichts mehr.
Und überall da, wo Menschen aufeinander treffen, geht
es nicht nur um die Sache, sondern jeder begegnet
jedem auch mit all seinen persönlichen Stärken und
Schwächen. Davon nehme ich mich keineswegs aus.
So gut, wie ich als Mitarbeiter (früher!) sein konnte,
genauso anstrengend wurde auch ich gelegentlich.
Meistens, weil es mir menschlich nicht mehr gefiel, die
Kollegen mich zu sehr strapazierten (arbeiten sie mal
mit einer nicht belastbaren und ständig überforderten
Kollegin zusammen, die das mit Hysterie belebte) und
ich sowieso den falschen Beruf gewählt hatte mit dem
Bedienen und Dienen.
Und als die Einsicht immer mehr wuchs, lieber die Kräfte
zu schonen, wurde ich als brauchbarer Mitarbeiter
zunehmend unangenehmer.
Dazu kamen belastende und wirklich einschränkende
Krankheiten.
Aber über diese spreche ich nicht näher. Und werde das
weiter beherzigen.
Und selbstkritisch im Nachhinein betrachtet:

Ich hatte gute Arbeitgeber und solche, unter denen ich litt. Diese aber auch unter mir. Und es gibt sicher jene, die bei der Erinnerung an Herrn Bernd Vosfelder aus dem Horstweg 25 nur schnell abwinken würden und sagen: "Bitte erwähnen Sie diesen Namen nicht". Einige meiner Abgänge, beziehungsweise Entlassungen hätten Kultstatus verdient. Ohne als nachahmenswerte Vorbilder zu dienen.

Es gibt auch gute Chefs oder jene, die aufgrund ihrer Art einen belebenden Schwung in den langen, routinierten Berufsalltag bringen können. Wenn ein Vorgesetzter jedoch neu in eine größere Firma kommt und sich bewähren und glänzen muss, sind das ganz andere Herausforderungen als für den, der sich bereits Jahre lang erfolgreich einbringen konnte. Da ich weitere Personen schützen möchte, erlaube ich mir, einen Vertreter der ersten Kategorie, zukünftig Herr Tennis zu nennen. Diese folgende Geschichte erzählte mir eine vom Beruf recht geplagte Frau und dieses Ereignis wurde zu ihrem "Schlüsselerlebnis".
Mit D. unterhielt ich eine lange Liebschaft von fast sieben Monaten.

Die Tagung wurde eröffnet von dem Vorgesetzten, der wiederum Herr Tennis Vorgesetzter sein würde und von den anderen sowieso schon war.
Er gehörte nicht zu den Chefs, die sich aufgrund von Selbstzweifeln unfairer Methoden hätten bedienen

müssen. Menschlich und korrekt als Chef, aber anfällig und schwach als Mann.

Seine Ehe endete mit einer Affäre und der relativ schnell eingetretenen Schwangerschaft mit einer Dame vom Außendienst. Er trennte sich von seiner ersten Frau, heiratete dann jene besagte und bekam noch ein zweites Kind mit dieser. Und genoss weiter seine Affären unterwegs in Hotels.

Da hätte man Studien anfertigen können, wie sich ansonsten seriös wirkende Menschen gelegentlich fern der Heimat, der Ehe und den Verpflichtungen auf Tagungen benahmen.

Nie wird vergessen sein, wie ein betrunkener Kollege an der Tür einer Kollegin immer wieder bettelte: "Christa, mach doch auf!" "Christa, bitte mach doch endlich auf!" Und das zu laut und weit hörbar.

D. konnte sich darüber immer wieder amüsieren, weil sie sich auf der anderen Seite der Tür befand und beide sich vor Lachen den Bauch hielten. Leider gab es damals noch nicht diese modernen Handys zum Aufnehmen von derart skurrilen Szenen, mit folgendem Einstellen im Internet wie heute. Schade. Es gibt Situationskomiken, die länger erhalten bleiben sollten.

Obwohl erwähnt werden muss, dass die längeren Verhältnisse zwischen den Vorgesetzten und dem unteren Personal stattfanden.

Weniger unter den Außendienstlern selbst.

Leider wurde wieder eine der Affären des Außendienst-Leiters schwanger und wollte ebenfalls geheiratet werden. Da Bigamie in Deutschland verboten ist, so ließ er sich abermals scheiden und heiratete zum dritten Mal. Das waren dann insgesamt schon fünf Kinder von drei Frauen.

Mit nur ein bisschen Disziplin und auch Weitblick, hätte er sein Plaisir auch günstiger und freier haben können.

Nun aber geschwind zu Herrn Tennis.

Ein paar einleitende Worte von dem höheren Chef und dann wurde das Wort an Herrn Tennis übergeben und dieser aufgefordert, die Tagung fortzuführen.

Es waren fünfzehn Zuschauer anwesend. Der Vorhang ging auf, die Bühne war da und das Stück begann.

Der Anzug in Mausgrau-Bleu schien vom Großvater geliehen, das Hemd und die Weste waren ein derber Kontrast zu der Anzugfarbe.

Und die Krawatte erst. Saß die fest!

Hoffentlich kippt der nicht gleich wegen Luftmangel weg, dachte manch einer.

All das passte so gar nicht zu dem dynamischen Gang, denn er lief sofort vorn unruhig hin und her.

Schon hätte vermutet werden können, dass der Mann am liebsten gleich wieder weglaufen wollte. Und welcher Mensch behindert freiwillig seine Luftwege bei der vielen Bewegung.

Zudem verursachten die Haare ein markantes Äußeres, das gewöhnungsbedürftig war. Der Kopfschmuck sah aus wie nach einer verunglückten Dauerwelle, die früher auch von Männern getragen wurde. Anscheinend waren die Haare morgens kaum zu bändigen gewesen (Floristen kennen den Ausdruck "Gesteck") und wegen der Zeitnot musste halt mit der wilden Tolle aus dem Haus gegangen werden.

So hätte sich wohl keiner morgens, außer einem Vorgesetzten, aus dem Haus gewagt.

Im Laufe der Zeit hatten sich die Mitarbeiter an diesen gelegentlichen Anblick gewöhnt, ohne jedesmal vor sich hin zu kichern.

Und später wusste dann auch wirklich jeder, dass Herr Tennis eine ausgeprägte Naturkrause hatte.

Und "Mitarbeiter" aus dem Munde eines Vorgesetzten gesprochen, ist nicht nur wortwörtlich zutreffend, sondern auch ein klein wenig entlarvend:

Denn diese arbeiten wirklich "für ihn mit". Nicht immer. Aber oft.

Sicher traf das in diesem Fall und der Berufssparte zu, denn der Regionalleiter verdiente an jedem Cent-Erfolg jeden Außendienst-Mitarbeiters mit. Damals gab es noch sogenannte Erfolgsprämien und Bonuszahlungen.

Guten Morgen, mein Name ist Herr Tennis, "ich...ich...ich...", so begann erst mal jeder Satz. So erfuhren nun alle rein oberflächlich, mit wem man es zu tun hatte. Vorher war er schon erfolgreich bei dem Unternehmen "Lutsch die Pille" tätig gewesen. Hauptsächlich mit Halstabletten. Und sonstigem Kram, der apothekenpflichtig verkauft wurde.

Besonders wichtig war ihm, das sagte er dreimal innerhalb kürzester Zeit: Fleiß, Ehrgeiz und Dynamik. Und die "Dynamik" sollte sein Steckenpferd werden, die vorhandene zu mobilisieren und mächtig auszubauen. Die nicht vorhandene zu erschaffen. Je nach speziellen Eigenschaften und Voraussetzungen der Mitarbeiter. Gerade in den Gesprächen vor Ort musste da mehr Schwung rein: Neue Methoden der Gesprächsführung, Nachhaken, in die Zange nehmen, den Schwitzkasten vorbereiten und nötigenfalls zuziehen. Nicht immer so freundlich und höflich sein. Die angesprochene Ärzteschaft musste einfach mehr tun. Und am Rande erwähnt, die Mitarbeiter selbst auch.

Nun ist ein Einblick in die große Gesprächsbereitschaft in der Pharmawelt und die eingeschränkte Sensibilität in der Gesprächsführung vor Ort von Nöten: Meine Bekannte war leider enorm unter Umsatzdruck geraten. Die von der Firmenleitung angestrebten 7% Umsatzzuwachs hatte sie um ein Viertel Prozent regelrecht verfehlt. Und im beginnenden neuen Jahr galt es nun, dieses "Minus" nicht nur zu kompensieren und auch die neu gewünschten sieben Prozent mehr an Umsatz zu erarbeiten. Der erste Kontakt des Jahres in der Praxis von Herrn Dr. "Flinkschreiber" verlief etwas unglücklich, da er so gar nicht spontan war und stets so lange brauchte, ein Medikament von Frau "Drücksrein" zu verschreiben.

Der Nachname war zufälligerweise von ihrem Mann übernommen worden und so besonders zutreffend.

An jenem Tag machte sie ihrem Namen wieder alle Ehre, wie Herr Dr. Flinkschreiber feststellte, der gar nicht so schnell war mit Verordnungen.

Auch die "Fortbildung" auf Rügen schien schon wieder vergessen zu sein. Und gelegentlich maulte Herr Dr. Flinkschreiber etwas herum:

"Werte Frau D., ich tue ja schon mein Bestes, um Ihnen etwas behilflich zu sein, ich kann die Diagnosen aber nicht einfach erfinden und zum Relotius der Medizin werden."

Das Benehmen von D. war an diesem Tag grenzwertig, das fiel Herrn Doktor sofort auf. Ja, sie war ungehalten und beinahe unhöflich.

Erst am Morgen, nach ersten Patienten, hatte er den eifrigen Herrn Standbein von der "Fitti-Pharma" mit seinem Potenzwunder empfangen, obwohl er so gar keine richtige Lust auf den Menschen hatte. In der Hoffnung, Herr. S. möge wieder gehen, wurde bewusst sitzen gelassen und er musste recht lange warten. Aber nichts da, der Kerl hatte anscheinend Zeit, was sehr selten ist bei Pharmareferenten. Viele gaben nur am Tresen ein paar Packungen ab, um an die Unterschrift und somit die Bestätigung eines "Besuches" zu kommen. D. erzählte mir, dass sie einmal an einem Tag zwanzig Unterschriften auf diese Art und Weise "eingesammelt" hatte.

Jedoch als erfolgte Besuche abrechnete. Der Job war ja wirklich nicht leicht.

Die Tür öffnete sich, ein gut aussehender, jedoch etwas unsicher wirkender Mann mittleren Alters erschien und setzte sich. Begrüßte Dr. Flinkschreiber und griff in die Innentasche seines Sakkos.
Holte zwei Fotos heraus und legte diese gut sichtbar auf den Schreibtisch.
Ein Mann (Herr S.), eine Frau (seine), drei Kinder (im Alter von eins, drei und sechs) waren zu sehen.

"So schnell geht das mit unserem "Fitimschritt!"

Auf ein kurzes, peinliches Schweigen von Dr. F., der bereits Fotos ähnlicher Art gesehen hatte von Herrn S., und auch solche, auf denen das dritte Kind noch nicht einmal geboren war, folgte:
"Zugekommen ist aber kein neues!"
Verglichen mit Frau D. war dieser Vertreter angenehm, wenn nicht sogar belustigend in seiner Art des Werbens für ein Produkt.
Und der Tipp, den er gab, damit Dr. Flinkschreiber seine männlichen Patienten besser "kennenlernen" konnte, war die Ehefrauen auszufragen, ob diese mit dem Liebesleben zufrieden waren.
Männer sind da selten ehrlich, so Herr S. und empfahl:

"Fragen Sie bitte nur die Frauen!"

Herr Dr. F. versprach, sich kundig zu machen und dachte sich beim Abschied:

Momentan hat es die Pharmaindustrie aber wieder mit der "persönlichen" Schiene.

Wie mir D. weiter erzählte, hatte sie diesen Arzt leider nicht mehr besuchen dürfen. Obwohl dieser so günstig auf dem Weg zu zwei anderen Praxen lag und wegen zehn vertraglich vereinbarten Besuchen pro Tag, war dieser Arzt von enormer statistischer Relevanz gewesen.

Um diesen Fehlentwicklungen von falsch besuchten (nicht verordnenden) Ärzten und nicht erreichten Jahreszielen vorzubeugen, bzw. abzustellen, gab es mindestens einmal im Quartal gemeinsame Besuche mit dem Regionalleiter und dem Pharmareferenten.

Das traf neben der Dynamik auf einen weiteren Schwerpunkt in Herrn Tennis Führungsstil. Die direkte und intensive vor Ort Betreuung.

Unverzüglich nach Antritt seines Postens als Regionalleiter vereinbarte er mit jedem einzelnen der fünfzehn Mitarbeiter gemeinsame Besuche.

Aber nicht nur wie gewohnt einen Tag - sondern gleich zwei hintereinander!

Einer arbeitete und redete und er kontrollierte alles. Nach jedem Gespräch erfolgte zwischen den Besuchen eine erste Analyse, wie man, was warum besser hätte sagen können. Aber warum tat man denn um Gottes Willen nicht!? Wieso nicht? Im Gesprächsleitfaden stand das doch genau. Also bitte!

Könnte man sich etwa nicht mit den Produkten identifizieren?

Ist kein Engagement mehr vorhanden trotz des guten Gehalts?

So war nun auch meine Bekannte an der Reihe mit diesen besonders strapaziösen Arbeitstagen. Tagelang vorher schon war sie bereits auffallend reizbar und vollkommen unzugänglich für mein Bedürfnis nach Nähe. Das bedeutete für uns Enthaltsamkeit.

Am Abend zuvor hörten die anderen Mieter in der Bertastraße laute, hektische Aktivität im Keller wie seit Monaten nicht mehr. Die immer wieder zu hörenden eingeworfenen Flüche wurden der Stimme von der "Vertreterin" aus dem ersten Stock zugeordnet.

Die schon mal einen ganzen Zentner an Papier und Sonstigem in Kartons vor der Haustür "zugestellt" bekam. Directamente sichtbar und störend für alle anderen Mieter, gern vor den Stufen.

Es galt nun die verstaubten Folder der letzten Tagung zu suchen und vor allem zu finden und noch schnell Gespräche damit zu konstruieren, wie diese gewünscht wurden. Auf der letzten Tagung als Leitfaden ausgegeben, sicher von Herrn Tennis noch einmal nachgelesen, sollten die Gespräche wenigstens annähernd wie gewünscht gestaltet werden.

Was macht der Mensch nicht alles für gutes Geld?

Es galt, das zu vereinbaren, was kaum möglich war und dann noch in der kurzen Zeit, falls der Regionalleiter sich spontan und kurzfristig angemeldet hatte.

Und die Ärzte, die Frau Drücksrein länger kannten und schätzten, gerade weil sie frei sprach, natürlich und selten aufdringlich war (ganz ohne geht es nun mal nicht in diesem Job) und ahnten, warum sie in Begleitung so distanziert, gestelzt und vor allem so fachlich daher redete, flüsterten ihr dann schon mal ins Ohr:

"Passen Sie bloß auf mit dem!"

An einem dieser verkrachten Arbeitstage und in der anschließenden Endrunde all dieser Arbeitsgespräche beim Kaffee, kam es mit Herrn Tennis zu einem Gespräch besonderer Art.

Herr Tennis fragte, warum sie Herrn X. mit der großen, gut gehenden Praxis nicht mehr besuchen würde? Sie meinte, dass er ihr zu nahe getreten war und das in einer schmierigen Art mit sexuellen Andeutungen.

Und der Typ hätte ihr Vater sein können.

Und der dynamische Herr Tennis: "Da lassen sich gewiss Pharmareferentinnen darauf ein. Und wenn es dem Umsatz dient, warum nicht?"

Nun muss ein heikler Punkt erwähnt werden, der nicht zu unterschätzen war.

Herr Tennis hatte früher absolut nichts mit der Pharmabranche zu tun.

Erfolgreich und mit Abschluss Sport studiert, wollte er doch höher hinaus.

Und mit einer halbjährigen intensiven Ausbildung, Schulung durfte jeder Pharmareferent werden und die Ärzte "beraten".

Deshalb bewegten sich die erlangten pharmazeutischen Kenntnisse in einer Grauzone zwischen Halbwissen und Unkenntnis. Briefe und Anweisungen, Umsatzanalysen waren voll mit Fehlern der Nomenklatura.

Und da Sie nun, werte Leser, einiges aus dem Leben des Herrn Tennis und der Frau D. erfahren durften, wie ging es weiter mit ihr selbst, der Karriere von Herrn Tennis und all den anderen Kollegen?
Gerade die von Herrn T. geschätzte Dynamik hatte alle Mitarbeiter regelrecht überrollt und vereinnahmt. Und nach nur wenigen Monaten war es offensichtlich und gut zu erkennen, dass die meisten Kollegen einfach nicht belastbar genug waren.
Die Konsequenzen ließen nicht lange auf sich warten. Nie gab es Zeiten, in denen mal kein Angestellter krank war in der von Herrn Tennis geleiteten Gruppe. In den anderen Regionalgruppen sah es nur marginal besser aus.
Herzrhythmusstörungen, Magenprobleme, häufige und schwere Infekte, Rückenschmerzen traten auf und dann immer wieder diese langwierigen, über Wochen andauernden Depressionen der besonders schwachen Mitarbeiter.
Vorhandene Gedanken an eine hohe Brücke wurden verständlicherweise nicht im Kollegenkreis erörtert und blieben strikte Privatsache.

"Bei so viel Bewegung, die ich in den wenigen Monaten in das Team gebracht habe, einfach unverständlich."
Der O-Ton von Herrn Tennis.
So äußerte er sich auf wiederholte Anfragen des doch etwas beunruhigten Leiters des Außendienstes.
Der inzwischen wieder in Scheidung lebte und bald erneut Vater werden sollte. Und alles auf ein Neues.
Auch für das eingeschränkte Befinden, die schlechte gesundheitliche Verfassung der Kollegen gab es Lösungen in Form von Pillen, um den Krankenstand entschieden einzudämmen und auf ein erträgliches Normalmaß für das Unternehmen zu reduzieren.

Leider konnte ich nicht mehr erfahren, was mit D. nach ihrem Schlüsselerlebnis geschah, denn nachdem die Frauen mich näher kennenlernt hatten, wurde ich selten weiterhin zu einem menschlichen "Freund" gewünscht.

Entertainment under special circumstances

In der Physik und Mathematik sind klare Berechnungen möglich und Konstanten unveränderlich. Im einfachen Leben ist das viel schwieriger und das Ganze mit großem Risiko verbunden.
Wird an einer Weggabelung der falsche Weg eingeschlagen, kann dieser am Abgrund enden. Kann! Muss aber nicht. Wenn man sich zur Risikovermeidung kaum im Leben bewegt, tritt man auf der Stelle und kommt nicht voran.

Es geht unter anderem nicht nur um oben/unten, rechts/links, gut/böse, Schwarz/Weiß…sondern darum, was das Beste sein könnte in einer persönlichen Situation oder für ein Gemeinwesen (wie einem Land). Um die unterschiedlichsten, auch Extreme, miteinander in den Dialog kommen zu lassen, bedarf es einer wirklichen neuen Gesprächs- und Streitkultur. Manchmal laut und ruppig, wie bei Herbert Wehner und Hans-Josef Strauß darf es sein, wie noch alte Aufnahmen dokumentieren.
Ein Wort, ein unglücklicher Satz und wenn nur der Ansatz eines Verdachts entstehen könnte für eine verhasste (individuell ganz unterschiedlich) politische Strömung, reichen zur Diffamierung aus und verhindern einen Diskurs, sowie die Suche nach dem vermeintlich "Bestem". Geschädigt werden dadurch alle!
Mit Äußerungen wie:

"Bernd ist schwierig."
"Ausländer raus."
" Alles außer uns sind Spinner."
"Die Welt geht unter."...kommt keiner weiter.

Und noch viel mehr Beispiele und Beleidigungen wären
möglich.
Damit wird zwar ein Schweigen erreicht und jede
weitere Auseinandersetzung im Keim erstickt. Aber der
Preis dafür ist zu hoch!

Kennt noch ein Leser von Ihnen den "Internationalen
Frühschoppen"?
Mit Werner Hofer, immer sonntags, gesendet um die
Mittagszeit.
Die Sendung wurde von 1953 bis 1987 vom WDR in der
ARD ausgestrahlt und war davor anfangs nur ein
Radioformat.
Damals kamen Gäste unter anderen wie Haffner,
Augstein, Nannen, Scholl-Latour...nur um einige direkt
zu nennen.
Nicht nur die Gäste waren sehr unterschiedlich, sondern
auch die Themen.
Das Format und das Ambiente waren außergewöhnlich.
Das kann man wohl sagen!
Während der Sendung durfte damals noch geraucht
werden. Und munter Wein gebechert. Hübsche Frauen
schenkten großzügig nach.

Nicht selten kam nach jedem weiteren Glas Wein und jeder Zigarette mehr (wie selbstverständlich mit Rauchschwaden, es gibt altes Filmmaterial zur Ansicht), der "Austausch" über Themen in Fahrt. Es durfte auch laut gelacht werden!

Meine Erinnerungen bringen mich an den Anfang meiner Pubertät (die damals nicht so früh einsetzte), als mein Vater und ich diesen "Frühschoppen" gemeinsam sahen.
Danach entstand immer wieder einmal ein Gespräch über Gesagtes und/oder eine Diskussion. Meine Eltern waren Kinder ihrer Zeit, aber weder dumm, noch politisch uninteressiert! Vielleicht fing ich damals schon dadurch an, ein kritisches Bewusstsein zu entwickeln und "streitbar" zu werden.
Zum Ende der Ausstrahlung war ich gerade dreizehn Jahre jung, auf dem Land lebend, unbedarft und unverdorben.
Nun habe ich eine Vision: Im Sinne der allgegenwärtigen Toleranz, dieses alte Format aufleben zu lassen.

Eine Folge mit Rauchern könnte unter freiem Himmel stattfinden. Die für Nichtraucher im Fernsehstudio.

Mal mit Journalisten. Dann wieder nur mit Politikern.

Jedoch immer nur mit einem/einer einer bestimmten politischen Vorliebe, Richtung, Parteizugehörigkeit, damit es keine einseitige Verbrüderung geben könnte. Das ist, wie man immer wieder in heutigen Formaten beobachten kann, abträglich für die Diskussion und wäre auch für den Moderator vorteilhafter, um die Gespräche leichter lenken zu können.

Ich schaute ja kaum noch TV. Nichts ist dröger, als die Verhältnisse von Gemeinsamkeiten und Interessen von 4:1 in einer Redeshow.

Die Politiker- und Journalistenrunde sollte je vier Gäste umfassen plus einem Moderator, der bisher noch nicht mit sozialer, politischer Einseitigkeit oder sonstiger Schieflage unangenehm aufgefallen ist.

Alkohol wäre kein Kann, sondern ein Muss. Und zwar für alle!

Die Art des Alkoholgetränkes wäre je nach Belieben egal, jedoch nicht unter der Menge von 500 ml Wein mit ca. 11% Alkohol pro Person gestattet.

Das sind gerade mal zwei wirklich voll gefüllte Weingläser. Wenn eine andere Alkoholspezialität gewünscht würde, würde die Alkoholmenge des Weines darauf umgerechnet. Wenn jemand Hochprozentiges trinkt, dann weniger an Menge und umgekehrt.

Einer kann gleich am Anfang 500ml weniger Prozentiges in sich hineinkippen, der Andere mit dem Hochprozentigen möchte sich vielleicht Zeit lassen mit seinen 15 cl.

Aber getrunken werden muss alles! Innerhalb der ersten fünfundvierzig Minuten, von einer gesamten Sendelänge von neunzig.
Und es gibt kein Mineralwasser (zur Verdünnung).

Vorschläge für einen Titel der Sendungsreihe:
Extreme entertainment under special circumstances.
Alternative: In Vino veritas.
Auch möglich: Lieber kiffen als saufen.
Noch: Irgendwas geht immer.

Sollte sich wider Erwarten das Format als erfolgreich herausstellen, dann könnte die dritte, die "Cannabis-Runde", die der notorischen Kiffer werden. Bedingung: Für die Teilnehmer dieser besonders mutigen Runde wäre weiterer Alkoholkonsum dazu absolut verboten. Hier gäbe es Mineralwasser.
Denn der Zuschauer möchte noch etwas verstehen zwischen dem Gekicher und den hängenden, geröteten Augenlidern.
Die Herausforderung, zusätzlich noch mit schweren, lallenden Zungen kämpfen zu müssen, wäre abträglich und sehr wahrscheinlich zu viel verlangt. Für die Gäste selbst und erst recht für die Zuschauer.
Was hörte ich? Fünfzig Gramm Cannabis könnten pro Person erlaubt werden.
Das wären Hunderte Joints bei geringer "Dosierung"!
Für die Woche? Oder für einen Monat?

Kriegt man das mit den anderen Pillen als Zusatzeinkauf einfach so in der Apotheke? Oder muss man sich in den Görlitzer Park wagen?

Nun überlasse ich es Ihrer Phantasie, wie solche Runden ablaufen könnten!?

Was sicher zu sein scheint, es wäre sehr unterhaltsam! Der Unterhaltungswert könnte größer als so manche dieser vielen schlechten Spielshows sein. Und besser als die üblichen Palaver-Runden mit immer denselben Leuten, ähnlichen Themen und Moderatoren, die anscheinend auf Lebenszeit wie Beamte behandelt werden.

Ich vermute leider, dass massive Proteste von Zuschauern, NGOs und sonstigen Vereinigungen jeglicher Couleur - auch die kleinste Splittergruppe würde sich zu Wort melden - wegen dieser unfairen "Ausgewogenheit" der Teilnehmer zu erwarten wären. Beginnend bereits während der Sendung.

Da tauchen weitere Fragen zur Veranstaltung auf. Stellt der "Macher" der Sendung, der ausstrahlende Sender, das Studio oder die Teilnehmer selbst den Stoff zur Verfügung?

Eine wichtige rechtliche Frage wäre, falls das Cannabis mit anderen gefährlichen Drogen "gestreckt" oder verunreinigt werden würde, wer haftet?

Zum Beispiel mit bestimmten Substanzen wie LSD. Oder mit bestimmten Pilzen, psychedelischen Drogen versetzt und einer oder mehrere schlagen im

Drogenrausch das Studio zusammen. Inklusive den Moderator und die Kameraleute.

Sorry. Wie Sie merken, bin auch ich (gelegentlich) so "typisch deutsch". Und so ein kleiner "Korinthenkacker". Aber immerhin kein Denunziant!

Darf auch während der Sendung gekifft werden? Oder nur vorher? Und wie...?

Der Chefredakteur würde spätestens am nächsten Abend entlassen werden.

Auch wenn schon sehr lange in Diensten für einen Sender, würde er wahrscheinlich trotzdem ungefragt in den vorzeitigen Ruhestand versetzt.

Das mit hohem Salär und rein prophylaktisch mit zusätzlichem Schweigegeld. So gut wie jeder Mensch hat mindestens eine "Leiche im Keller". Bei einigen stapeln sich diese förmlich. Für die, die diesen Ausdruck nicht kennen, der ist nicht wortwörtlich gemeint, sondern steht dafür, dass der Mensch wichtige Geheimnisse hat oder von ebensolchen weiß bei anderen, von denen er nicht möchte, dass die Öffentlichkeit davon erfährt.

Privat, wenn es gar nicht mehr anders zu verheimlichen geht, hieße es dann: Liebling, ich hätte da noch was, was ich Dir gern sagen würde. Meistens geht das gut aus.

Gelegentlich gibt es Fälle, bei denen die Leiche schon zu lange im Keller lag und nun bei Entdeckung, symbolisch bitte zu verstehen, diesen widerlichen Verwesungsgeruch verströmt.

Da tut sich mancher Mensch schwer mit dem noch mal
gefasst durchatmen. Und dem eventuellen Vergeben
nach dem Geständnis.
Nicht umsonst gibt es auch die Redewendung:
"Es stinkt zum Himmel."
(Das muss ich aber nun wirklich nicht erklären!?)
Am übernächsten Tag würde von der Redaktion ein
Entschuldigungsschreiben rausgehen an jede Zeitung
und deutsche Partei.
Sämtliche Aufzeichnungen wären anschließend im
Internet nicht mehr verfügbar. Nur noch auf Portalen von
"Schwurblern" und ansonsten tendenziell abgedrehten,
unzurechnungsfähigen Leuten.
Die harmlosesten Kommentare aus der Menge der Kritik
könnten lauten:
"So vernichtet man die Vielfalt."
"Was für Idioten waren da am Werk?"
"Sofortige Demo gegen das Saufen!"
 "Alles Rechte."

Profi-Demonstranten gesucht

Ich war über einen Bericht und zwei weitere Links auf ein interessantes Angebot gestoßen, mich in einem Bereich einbringen zu können, der bisher so gar nicht in meiner Agenda auftauchte.

Profi-Demonstranten gesucht.
Erwartet wurde Flexibilität und keine weiteren Jobs zu haben.
Die Fähigkeit zur Rufbereitschaft 7/24. Sieben Tage und 24 Stunden.
Der Wille, sein Bestes zu geben.
Eine gute körperliche Verfassung wäre unbedingt nötig wegen längerer Fußmärsche, Sitzblockaden und Erstürmung abgeriegelter Areale.
Und auch deshalb, gut "einstecken" und auch mal "kräftig austeilen" können.
(Nebenbei Flyer verteilen? Oder was?)
Gewünschtes Alter von 18 - 80 Jahren.
Deutschkenntnisse nicht erforderlich.
Ohne Schulabschluss oder fehlende Ausbildung - kein Problem.
Minijob, Teilzeit, Vollzeit, Honorarkraft - alles machbar.
Zuschläge gebe es für Feiertags- und Sonntagsarbeit.

Bewerbungen bitte an:
"Die Superzecke", Abteilung Demos, Postfach,
10000 Berlin

Dass ich politisch neutral war, bin und vorhabe zu bleiben, hat damit zu tun, dass ich einfach zu vieles verstehen kann. Und mir mal da was gefällt und dann wieder von einem anderen Gesagtes. Unabhängig von der Parteizugehörigkeit.
Da ich inzwischen wieder ganz gern spazieren ging, reizte mich das schon.
Aber Märsche und Wanderungen würden meinen Körper überfordern und die Chose mit dem Einstecken und Austeilen kam mir suspekt vor.

Kritische Kicker

Jedoch könnte genau jetzt der richtige Zeitpunkt gekommen sein, zu erklären, warum ich nie Politiker geworden bin. Erlauben Sie mir bitte diese Hybris.
"Du gehörst in die Politik."
Das hörte ich öfter in meinem Leben. Und wer fühlte sich nicht geschmeichelt bei solch einer Äußerung, dass einem selbst das zugetraut würde.
Als klarer und sachlicher Analyst, gepaart mit dieser fast weiblichen Intuition, erfasste ich Zusammenhänge recht schnell und spürte auch, was die tatsächliche und was die vorgeschobene Motivation war und ist. Und da auch Politiker nur Menschen sind mit all den gleichen Schwächen wie das von ihnen regierte Volk, ist jeder Entwurf, jedes Gesetz, jegliche Lüge oder Wahrheit nicht ohne Eigennutz zu verstehen. Gern auch Machterhalt genannt.
Lieber den eigenen Kopf retten als dem anderen bei der Rettung seines behilflich sein.

Es gibt Ausdrücke, die ich mir noch nie merken konnte, wie z.B. die Rangfolge und Bezeichnungen beim Militär, die Namen der Hauptgruppen in der Botanik und erst recht nicht den Aufbau von politischen Parteien. Bundespräsident, Kanzler, Minister der Länder, die kriege ich noch hin. Bundesminister, wenn sie nicht so schnell und häufig wechseln, auch noch.
Aber was ist ein "General"sekretär?

Also konnte ich nur laienhaft meine Einsicht erklären, warum ich gut in der Politik hätte sein können und trotzdem gänzlich ungeeignet war.
Und hier kam wieder das von mir so schwer zu ertragende "Dienen" hinzu.

Meine Idealvorstellung war früher folgende:
Ein Mensch nutzt seinen guten Verstand und beobachtet, was ringsherum passiert. Bildet sich eigene Meinungen, ergänzt, revidiert und sucht nach einer Gemeinschaft, in der auch andere gleiche oder dieselben Meinungen teilen. Und man gemeinsam "praktisch" aktiv werden könnte.
Nun ist es bedauerlicherweise so, dass der wirklich idealistische Vollblut-Politiker in spe nicht gleich dort hin- und hochspringt, wo die wichtigen Entscheidungen getroffen werden.
Sind die Strukturen in allen Parteien dieselben oder gibt es Unterschiede?

Die erste Handlung wäre der Beitritt in eine politische Partei. Eine zweite wäre, den ersten Beitrag zu überweisen, falls nicht das SEPA Lastschriftverfahren vereinbart wurde.
Kontakt zu anderen Parteimitgliedern zu bekommen wäre sinnvoll. Regelmäßig auf Treffen der Ortsgruppe (oder wie wird das genannt?) zu gehen, wäre das nötig?

Wie lange man das machen sollte und ob das Sinn machen würde, erschließt sich mir an diesem Punkt noch nicht.

Wann würde ich in die nächsthöhere Stufe aufsteigen? Wie? Wodurch? Warum? Und wann?

Größere Versammlungen abwechslungsreicher Natur gibt es eher selten für die Parteimitglieder. Oder man hört nichts davon im ÖRR.

Dürfen bei diesen Treffen im Kleinen die wahren Gedanken offenbart werden? Preisgeben sozusagen? Oder würden konforme Gedankengänge erwartet? Und im Sinne der Parteiraison gemeinsam abgenickt? Da drängte sich eine weitere Frage auf.

Sind nachplappernde Papageien oder gute Rhetoriker mit Durchdachten erwünscht? Ich tendiere, ich wiederhole mich, zur zweiten Variante.

Ich weiß wirklich nicht, warum ich bei dem Thema Politik gerade auf das Phänomen Sozialneid komme? Den darf man nirgends unterschätzen, egal, wo man als Neuer auftritt.

Anstatt den wirklich aus eigener Kraft erreichten Erfolg Anderer respektvoll anzuerkennen und zu bewundern, wird dieser in Deutschland oft despektierlich betrachtet und kleingeredet. Deshalb gibt es auch so wenige auf Lebenszeit wirklich verehrte Stars. Und Reiche bleiben lieber incognito.

Frisch gebackene Lotto-Millionäre von 120 Millionen verkünden anonym und unglaubhaft: Wir arbeiten weiter.

Ein allseits bekannter, reicher Mann, der es wirklich anerkennenswert als einst einfacher Angestellter zu einem Vermögen gebracht hatte, trat regelmäßig in Talkshows auf mit einer Kleidung, die noch nicht mal sein Kassierer tragen würde. Und versuchte zu suggerieren, er wäre immer noch die bescheidene, alte Person von früher. Zeigte jedoch mit einem einzigen Satz, wie weit er tatsächlich von der Lebensrealität seiner Arbeitskräfte entfernt war.

Ist das Understatement ? Oder Verlogenheit?

"Krachen" lässt man es dann woanders und hinter fest verschlossenen Türen.

Und der Unternehmer, der mit einem vermuteten Understatement in abgetragener Kleidung auftritt, könnte sich mal die Nationalmannschaft als Vorbild nehmen. Nicht dauerhaft so erfolgreich wie er selbst, aber immer auf der Höhe mit den modischen Trends. Die Mannschaft bietet seit der letzten gewonnenen WM eher den Eindruck einer schwächelnden Truppe, die auf der Suche nach dem richtigen Weg zu sein scheint, um wieder erfolgreich werden zu können.

Aus der einst stolzen "Deutschen Elf", die Gegner immer fürchteten und die zu fast jeder Überraschung stark und bereit war, wurde schlicht und einfach "Die Mannschaft". Allein rein optisch herrscht in der Mannschaft eine erfreuliche Vielfalt, die inzwischen auch im Alltag aller angekommen ist.

Eine besondere Vielfalt an Aussehen und Herkunft lässt das Herz des weltoffenen Menschen höher schlagen.
Um wichtige Bekenntnisse abzulegen, dafür muss Toleranz vorhanden sein, eignet sich die Minute vor dem Anpfiff und zwar nach der immer noch abgespielten, von vielen als überflüssig betrachteten Nationalhymne.
Sich allein in der Kabine aus Respekt zu verbeugen, beziehungsweise als Zeichen der Anteilnahme niederzuknien, ist nicht publikumswirksam genug.
Auch der später veröffentlichte, fotografische Schnappschuss hätte nicht dieselbe Wirkung wie dieser Moment des Innehaltens vor dem Spielbeginn.

Erst durch ein Gespräch von Mutter und Tochter wurde ich wieder an die EM 2024 erinnert, die teilweise auch in Deutschland stattfindet.

"Mami, schau mal, so ein schönes Shirt."
"Gern, meine Kleine. Das stimmt."
"Kann ich das haben, bitte?"
"Ich weiß nicht. Das ist das neue Trikot für unsere Fußballer. Schauen wir mal."

Nur wenige Schritte musste ich zurückgehen und stand nun auch vor dem Schaufenster mit diesem T-Shirt, besser als Sport Trikot bezeichnet.
Die Farbgestaltung war sensationell gut und ein eye-catcher. Helles Mädchen-Pink, changierend zu Lila,

welches dann in Dunkellila mündete. Die Sporthose schloss sich farblich in demselben Ton an.
Es gibt so einen auf Frauen bezogenen Spruch, wenn sie älter werden:
Wenn nichts mehr hilft - dann Lila. Ganz schön gemein.
Das mit der Farbe hat gewiss keine versteckte Botschaft, so hoffte ich. Was für ein geniales Design für heranwachsende Männer! Und für Frauen erst.
Total "Unisex" halt. Wie ich später leider feststellen musste, man kann das Trikot bestellen, wird aber nur gefragt, ob die Variante für den Mann oder die Frau gewünscht wird. Ich vermisste divers.

Und ich ging näher an die Scheibe heran und schaute, ob es konsequenterweise auch Partien mit etwas Glitzer gäbe. Leider nicht. Da bestand aber wahrlich Handlungsbedarf. Das ging noch besser. Stellte mir links auf Brusthöhe das DFB Abzeichen mit farblich passenden Pailletten und Zierperlen bestückt vor. Dezent versteht sich, denn es geht hier immer noch um Männerfußball. Auch die nähere Betrachtung der Nähte enttäuschte mich etwas. Kein silberfarbener Lurexfaden war zu sehen. Mit solch einem glänzenden Faden könnte man das ganze Trikot nicht nur aufwerten, sondern auch das DFB Emblem damit sticken und gut in Szene setzen. Regelrecht hervorheben.
Was ich mir noch genau ansah, war die Weite der kurzen Ärmel. Besser formuliert, die Enge derselben, damit unter Umständen die Regenbogen-Armbinde noch

gut darüber passen würde, vor und nach den Spielen, neben dem Rasen in Begleitung eines geschätzten, kulturell und fußballinteressierten Ministers oder einer Ministerin.

Man hört es schon unken, viele Spiele werden es nicht. Um genau zu sein drei, die der Vorrunde.

Ich nahm mir vor, an den DFB zu schreiben, um meine sensationellen Verbesserungsvorschläge bezüglich des Outfits für Außeneinsätze zu übermitteln.

Insgesamt war ich jedoch begeistert von dem modernen Design. Und vielseitig einsetzbar wäre das Trikot auch als Shirt am Strand. Und nicht zu vergessen, die Fasern sind fast komplett recycelt. Das ist wiederum gut für das ökologische Gewissen und den eigenen "Fußabdruck" auf diesem Planeten.

Es ist schön, dass die Gesellschaft immer toleranter wird gegenüber Minderheiten und den diversen Ausrichtungen im Leben.

Jeder nach seiner Facon, das ist ein weiteres Motto in meinem Leben.

Und das lebe ich bereits seit Jahrzehnten. Und deshalb interessiert mich auch dieser Hype nicht mit und wegen m/w/d/b/g…, denn ich möchte nicht wissen, wer mit wem wann und warum Sex hat oder wie genau liebt.

Seinen Kontostand erzählt man ja auch nicht jedem Fremden.

Und ob man gläubig ist, genauso wenig. Bei der sexuellen Orientierung jedoch scheint es bei vielen keine Schamgrenze zu geben. Ich bin ein Senior von sechzig Jahren und trotz meiner Toleranz finde ich es unangenehm, so persönlich in Geschlechtliches anderer involviert zu werden.

Gammelig ganz glücklich

Was mir bereits länger, eigentlich seit Jahren auffiel, ist diese kollektive Vernachlässigung der eigenen Kleidung. Eine Legging wurde einst als Hose zum Drunterziehen konzipiert oder als Ersatz für eine Strumpfhose. Heute werden diese aber auch alle abzeichnenden Körperteile als Hosenersatz getragen und zwar bis Damengröße 54 etwa. Und kein schützendes, langes Shirt darüber. Für mich als Mann hat es den Nachteil, oft nicht zu wissen, wo ich überhaupt noch hingucken kann.
Und der Vorteil ist: Sofort wird ersichtlich, was man unter Umständen erwarten kann und was nicht.
Jogging- und Nylonhosen wurden auch längst zur Alltagskleidung bei jungen Männern umfunktioniert.
Im Herbst und Winter unterstützen die gedeckten Erdfarben von Beige über Braun bis Schwarz die dunklen, eher trostlosen Jahreszeiten in Form von Anoraks und Parkas. Das Schuhwerk ist sich auch sehr ähnlich, so, als gäbe es in ganz Berlin nur einen Hersteller mit Angeboten. Das ganze Jahr über sind die meisten im Turnschuh unterwegs. Und nur ab fünf Grad minus werden dann die Stiefel hervorgeholt.
Und wenn von weitem ein flotter Lederschuh oder Slipper auftaucht und das Auge sich erfreuen möchte, dann sind die Schuhe sicher seit längerem nicht geputzt. Berlin war noch nie die Stadt der Mode. Und schon gar nicht die des Chics. Aber diese Zustände sind für eine angebliche Weltstadt unwürdig.

Schauen Sie sich mal in Rom die Menschen an.
Jeder der kann, versucht im Rahmen seiner Mittel, nach
außen hin gepflegt zu wirken. Und hier soll das trotz der
vielen günstigen Angebote an Kleidung nicht möglich
sein? Man will einfach nicht!
Je schräger und abgefahrener es wirkt und gelebt wird,
desto fortschrittlicher kommen sich viele in Berlin vor.
Und mit fettigen, ungewaschenen Haaren in der ältesten
Jeans, die schon einige Löcher nach siebzehn Jahren
hat, und oben der Pullover mit den vielen Flusen und
bereits den dritten Tag getragen (das Deo wird es schon
richten), so setzen sich Menschen in das Publikum vor
die Künstler, Schauspieler und Akteure.
Das ist an Despektierlichkeit kaum noch zu überbieten.
Als Trendsetter wirklich überflüssig.
Als Avantgardisten vollkommen ungeeignet.

Und bei den jungen Menschen ist die "Vintage-Mode"
ziemlich in und begehrt. Und ich sehe junge Menschen,
die so gekleidet sind wie ich vor fünfunddreißig bis
vierzig Jahren zurück. Bisher konnte ich kein früheres
Kleidungsstück von mir wiedererkennen. Jedoch halte
ich Ausschau nach dem Shirt in Grasgrün und dem
Aufdruck in Tarnfarben: No Pershing II . Das trug ich
1981 auf der großen Demo, die im Bonner Hofgarten
stattfand. Als ich jung war, war ich noch politisch.
Und auch einmal engagiert.

Und was die "Nachhaltigkeit" und die "Ökobilanz" der Tragenden betrifft, so dürfen sie sich selbst salbungsvoll auf die Schulter klopfen. Passt!

Bitte verzeihen Sie mir diesen erneuten, gedanklichen Ausflug.

Bisher war ich ja schon froh, mich gelegentlich, aber immerhin auf zwei Themen begrenzen zu können. Aber so mit ganz fester Struktur zu schreiben, ist leider nicht mein Ding. Jedoch besteht ja die Möglichkeit, bei Verwirrungen Ihrerseits noch einmal zurück zu blättern, worum es vorher gerade ging und wieder angeknüpft wurde.

Nun möchte ich wieder zurück zu meiner verhinderten "Parteikarriere".

Ist das Innenleben von Parteien flexibel oder statisch?

Wie lange dauert es bei sehr günstigem Verhalten, an Entscheidungen mitwirken zu dürfen?

Wenn eine andere Meinung vorhanden wäre als offiziell vorgegeben, würde diese toleriert werden?

Ab wann würde man als Querdenker gelten und/oder sogar als Querulant wahrgenommen?

Muss man klug sein? Oder reicht eine ausgeprägte Bauernschläue mit   Durchsetzungsvermögen?

Besser gut gebildet mit Berufs- und Lebenserfahrung sein oder lieber ohne?

Oder ist ein reiner Parteisoldat angenehmer?

Wie viel und vor allem wie weit müsste ich "dienen"?

Wie alt waren wirklich bekannte Politiker, bis sie auf der politischen Bühne sichtbar wurden und wichtig?
Wie viele Jahre des Schaffens als Parteimitglied lagen da bereits hinter ihnen?
Je mehr ich mich ein- oder zweimal ernsthaft in dieses Thema vertiefte, desto unbehaglicher wurde mir. Auch diesbezüglich musste ich mir eingestehen:
Ich kann das nicht.
Wegen der inzwischen bei mir begrenzten Lebenszeit.
Denn die reichte nicht aus, um überhaupt noch in eine günstige Position zu gelangen.
Da ich zur Schonung meiner Kräfte und Minimierung des Aufwandes neigte, betrachtete ich das Einsatz-Nutzen-Verhältnis im Minusbereich angesiedelt.
Und wieder diese Angelegenheit mit dem Dienen. Meine Schwachstelle.

Hardcore

Ich gebe zu, ich aß gern Fleisch. Wenn auch relativ wenig, bewusst und mit zunehmend schlechtem Gewissen wegen der ganzen fehlgeleiteten Massentierhaltung. Aber es gab sie noch auf dem Land, die Gasthöfe, die ihr Fleisch direkt von bekannten Bauern aus der Region bezogen.
Ein Gulasch dort war eine Delikatesse. Konsistenz und Geschmack des Fleisches noch annähernd so, wie es früher einmal war in meiner Kindheit. Meist gab es nur ein- bis zweimal in der Woche Fleisch.
Und ein Tag davon war Sonntag. Dieser Geruch, der während des Kochens durch das Haus zog und bis zu mir in das Kinderzimmer kam, bleibt für ewig unvergessen und mit meiner Kindheit verbunden.
Noch heute habe ich bei bestimmten Kochgerüchen ein regelrechtes deja-vu.
Was bringt es, 500 Gramm Fleisch für 5€ kaufen zu können, wenn beim Braten in der Pfanne 150 ml Wasser austreten? Und der Anblick ähnlich Appetit hemmend ist wie der von Tofu Kost.
Ich möchte jedoch andere Menschen nicht belehren, geschweige denn bekehren, sondern berichten, warum ich mich mit meinem persönlichen Fleischkonsum und näher mit dem Tierschutz befasste.

Mit dem Bewusstsein, dass alle Lebewesen, inklusive der Pflanzen, gleiche Existenzrechte haben auf diesem Planeten, schmerzte mich die Tatsache
umso mehr, wie mit ihnen und der Umwelt umgegangen wird. Könnte es nicht ein gutes Gefühl sein, dagegen engagiert etwas zu tun?
Wie ich feststellte und überhaupt nicht damit gerechnet hatte, ist bei vielen Aktivisten im Tierschutz das Schwarz-Weiß-Denken sehr ausgeprägt. Meine Sicht des moderaten Fleischkonsums war verpönt. Wer bereits zu solch einem Bewusstsein gelangt war, musste Fleischessen rigoros und zwar sofort einstellen!
Oder, gerade noch so geduldet in jenen Kreisen, ist das Essen von Fisch. Diese Menschen nennen sich Pescetarier. Jedoch lieber gegessen in Form des kaum noch bezahlbaren Frischfisches aus dem Ozean.
Und ausgeschlossen von der Speisetafel waren Fischarten, die vom Aussterben bedroht waren, was wiederum einen Sinn ergab.

Kam der Fisch als Tiefkühlkost, so musste unbedingt auf ein Gütesiegel geachtet werden und nur von ganz bestimmten, anerkannten Organisationen.
Stellen Sie sich bitte die Verkäuferin hinter der Frischfischtheke vor, die präzise gestellte Fragen zum Fanggebiet (bloß nicht illegal gefangen vor der Küste West-Afrika), die Art der Fischung (Schleppnetz geht gar nicht) und der genauen Lieferkette (immer gut gekühlt)

erhalten würde....ein guter Schenkelklopfer würde das werden.

Ich vermute, das machte ein Kunde gerade noch ein zweites Mal, und ab dann würden sich die Verkäufer hinter der Verkaufstheke verstecken oder sich gleich im Kühlhaus verbarrikadieren.

Wenn man zu Vegetariern und Vorsicht ist bei "Veganern" (diese sind die extreme Variante - und "extrem" ist selten gut) geboten, sagt, dass Menschen in anderen Ländern mehr Wert auf gutes Essen legen und dafür auch einiges mehr an Geld auszugeben bereit sind als in Deutschland, folgt gleich eine "Aufklärung" der besonderen Art:
Über die Stopfleber für die Leberpaté, über die Große-Euter-Kuh für die Milch- und Käseproduktion und dass die Menschen sowieso schlechter als Tiere sind.
Der Appetit wird verdorben. Das Tier wird erhöht - der Mensch erniedrigt. Und ist sowieso das grausamste Tier auf dieser ansonsten so schönen Welt.

Viele engagierte Gruppen leben und handeln in ihrer jeweils spezifischen Blase. Man sage jungen Menschen, die verzweifelt in der "Letzten Generation" gelandet sind, dass es Quatsch ist und sie noch nicht zur "letzten" Generation gehören würde. Wahrscheinlicher ist es, zu "einer" der letzten.
Das Alleinstellungsmerkmal hätte sich damit erledigt. Ich hoffe sehr, dass mein Eindruck richtig sein könnte.

Auch die apokalyptisch denkenden Klimaretter leben in ihrer speziellen Blase.

Diese Blasen können keinen Mittelweg mehr sehen, geschweige denn einen solchen zulassen.

Lieber einen Menschen loben und fördern, dass er auf einem guten Weg ist, als sofort das Ultimative fordern.

Extreme, egal welcher Art, sind nicht gut.

Und sind auch einer guten Sache nicht dienlich.

Und selbst bei den "Guten" ist auch nicht alles Gold, was glänzt.

Früher begegneten mir mehr interessante Menschen. Und ich ließ viel mehr an Begegnungen und Nähe mit anderen zu. Da hieß es noch nicht so regelmäßig: Nicht mehr mit Bernd!

Werte Leserin und werter Leser, sind Sie schon mal einem Hardcore…?

Nein, liebe Männer, bitte nicht an Sex denken! Und meine Damen, ich bitte Sie, sich nicht abzuwenden, es wird nicht schmuddelig. Versprochen!

Sind Sie schon einmal einem Hardcore-Veganer begegnet? Ich ja.

Der Einsatz für die Tiere war kompromisslos. Das eigene Leben wurde in allen Bereichen mit dem Aspekt "vegan" ausgerichtet.

Das ging bis zur Polyurethan-Tasche, die gut sichtbar mit dem Aufdruck "vegan" bedruckt und allein dadurch schon mal 40€ teurer als herkömmliche Ware war. So einen Gesinnungs-Hinweis gibt es halt nicht umsonst.

Demonstriert wurde der Veganismus auch gern mit anderen Dingen und Tätowierungen am Körper wie dem Hals, damit es auch bloß keiner übersehen kann, dass man auf der guten "tierischen" Seite steht.

Immer mehr Produzenten von rein pflanzlichen Produkten gehen dazu über, auf die Packung "vegan" zu drucken. Eigentlich nur um sich anzubiedern.

Wer im zu 100% deklarierten Apfel-Bananen-Quetschi was Fleischliches vermutet, sollte sich schnellstmöglich einen Termin beim Psychiater holen.

Das Leben des besagten Mannes bestand neben der mühsamen Aufgabe für den Lebensunterhalt sorgen zu müssen, nur noch aus Demos, Aktionen, Mahnwachen, Störaktionen… spontan eine Ente aus der Not gerettet und Tiere in der warmen Jahreszeit gefüttert, obwohl das gerade nicht sinnvoll sein soll. Nachdem ihm der Hausmeister untersagt hatte, das Taubenfutter großzügig im Hof zu verteilen - "überall diese Schei…es reicht" - setzte er diese Fütterung direkt bei sich unter dem Dach fort. Ein schräges Fenster wurde geöffnet und dann in einem offenen Behälter das Futter hingestellt.

Dann flatterte es nur sowas von los und rings herum und überhaupt.Die Logik dahinter war. Diese Tauben wurden ausgesetzt und leiden. Das ist wohl richtig. Und vermehren sich einfach zu viel. Viele Taubeneier überleben nicht. Und die Brutplätze sind in einer Großstadt abenteuerlich gelegen.

Und deshalb sollten sie gefüttert werden, denn wenn es besser ginge, würde auch weniger Nachwuchs kommen. Bei aller Toleranz und ohne nähere Kenntnisse des Lebens der Tauben in der Großstadt, kam mir diese Erklärung schon sehr abenteuerlich vor. Wurde da vielleicht die Situation armer Menschen, die zum Über- und Weiterleben viele Kinder zeugen müssen, mit denen der Tauben verwechselt?

Großzügig unterstützt wurden Tierschutzorganisationen, Patenschaften für Tiere übernommen, einzelne Tiere auf dem Gnadenhof mit Zuschuss zum Futter am Leben erhalten, Straßenhunde aus Rumänien eingeflogen und selbst mehrere in einer kleinen Wohnung gehalten. All das kostete Geld. Richtig viel Geld. Zu viel Geld. Der Besagte hatte ein besonderes System zur Finanzierung seines Engagements entwickelt. Und konnte bei all dem Einsatz auch für sich nebenbei noch etwas davon profitieren. Als günstiger Nebeneffekt sozusagen. Mehr als gut vernetzt und in der veganen Tierschutz-Szene bekannt, lieh er sich rundherum immer wieder Geld von Mitstreitern, Bekannten und Freunden. (Und griff nur bei "unvorhersehbaren" finanziellen Engpässen, die sich regelmäßig ab dem zehnten des Monats wiederholten, sowie zusätzlichen Ausgaben, notgedrungen in die Portokasse. Alles nur geliehen. Und das Geld sollte natürlich "nur" für die Tiere sein.)

Mit einem Teil zahlte er die Schulden mit kleinen Raten ab. Mittels eines weiteren, dem höchsten Posten, eigene Mietrückstände. Und für die Tiere blieb der Rest.

So entwickelte der Mann ein ausgeklügeltes und funktionierendes Schneeballsystem.

Und der Typ war beliebt und hatte richtig viele Bekannte und Freunde, die gern gaben. Wie könnte man so ein Verhalten nennen?

Gestattet, weil Gutes getan wird? Oder ist das nicht Doppelmoral?

Sogar Schmarotzertum?

Wie so oft, maße mir keine Bewertung an.

Weil wie im Leben üblich, könnte die Wahrheit mal wieder in der Mitte liegen.

Anarchie beginnt im Hausflur

Kann dem Bernd mal jemand erklären, warum
Menschen immer so laut sein müssen? "Stille" ist
gerade in Großstädten ein regelrechter Luxus.
Ich meine wirklich nicht die Handhabungen im Alltag und
die daraus resultierenden Geräusche, die auch die
Nachbarn oft mithören (müssen).
Nach der Geburt eines Kindes, bis es Durchschlafen
gelernt hat, zum Beispiel. Dann die Feiern zu Jubiläen,
Geburtstagen und sonstigen Anlässen mit und ohne
Grund. Oder den Lieblingssong aus dem Jahre 2005
laut und kurz aufgedreht. All das ist normal und auch in
einem eigenen Einfamilienhaus nicht anders.

Nur warum muss bei Menschen den ganzen Tag das
Radio oder der Fernseher bitte laufen? Und nicht nur
raum- sondern wohnungsfüllend?
Die Wohnung der Nachbarschaft wird selbstverständlich
als erweitertes Territorium betrachtet.
So viele gute Sendungen kann es nicht geben. Auch
heute gibt es noch Hausordnungen, an die sich keiner
mehr hält.

Man geht in einem großen Haus nach 22 Uhr durch den
Hausflur und lauscht. Was schreibe ich denn da für
Unsinn bitte! "Lauschen" braucht man nicht!
Auf jedem Stockwerk dröhnt, brummt und klimpert es
mindestens aus einer Wohnung. Wenn man selbst nicht

direkt persönlich vom Lärm betroffen ist, wird vornehm weggeschaut. Wer betroffen ist, sucht nach einem Mitstreiter, einem Helfer, um gemeinsam Abhilfe zu schaffen.

Um Hilfe von der Hausverwaltung zu bekommen, findet eine augenscheinliche "Verbrüderung" statt. So war es auch unter Covid, als ich wiederholt von einer Nachbarin angesprochen wurde, was ich denn von der Impfung hielte?

Sie selbst war unsicher und glaubte diesem "ganzen Treiben der Politik" nicht. Ich verhielt mich sehr diplomatisch und sagte, mich nach jeder Impfung neu entscheiden zu wollen für eine nächste oder dagegen. Kaum wurde die Pandemie-Zeit von offizieller Seite als beendet und zu einer normalen Virusinfektion erklärt, war auch das Interesse an Gesprächen verschwunden. Ich kannte das ja schon längst. Jedoch schien der "Zweckoptimismus" kurz geblinzelt zu haben. Und die Leute, die seit Jahren sagten, Du kommst mal mit in den Garten oder sonstige Einladungen aussprachen, ich wusste was ich von diesen zu halten hatte: Wenig, denn alles war nur leeres Geschwätz.

Da sind die Berliner hier, von den wenigen Ureinwohnern sind es gerade noch etwa ein Viertel aller hier Wohnenden, ähnlich wie die Amis.

Einladungen aussprechen und sich dann wundern, wenn der Eingeladene wirklich erscheint. Glauben Sie mir, nach Jahrzehnten in dieser Stadt kenne ich die Tricks.

Und eigentlich macht man sich lächerlich, wenn die eine Mietpartei zur Ruhe verordnet wurde und die nächste neue noch lauter wird.
Die Anarchie beginnt nicht erst auf der Straße. Sondern im Hausflur. Und das ist wie bei Don Quichotte: Ein aussichtsloser Kampf gegen Windmühlen.
Wenn für den einen stärker betroffenen Mieter das Lärmproblem gelöst wurde, also unterbunden, darf "der Helfer" noch nicht einmal nach dem sehr kranken Mann fragen, nachdem man monatelang von diesem wortwörtlich gemeint, nichts mehr gehört hatte: War er zuhause? Im Pflegeheim? Lebte dieser überhaupt noch? Fragen waren nicht erwünscht. Mmh!? Mag sein, sie war gar nicht mit ihm verheiratet und berechtigt, Witwenrente zu beziehen?
Es roch jedenfalls nicht extrem. Oder spezifisch. Nur nach Medizin, zu der Zeit, als er noch gelegentlich hörbar war.

Ich bin wie so oft ganz ehrlich. Auch meine Neugier ist eher die einer Frau.
Neugier ist mein "plaisir". Gleichzeitig jedoch bin ich unglaublich verschwiegen und loyal gegenüber der Person, die mir etwas anvertraute.
So gut wie in jedem Altbau gibt es auch in meinem Haus sehr alte Mieter und Mieterinnen. "Supermieter" nenne ich diese gern, die bereits bis zu sechzig Jahren das Geschehen kennen. Bei einem Mietverhältnis von

sechzig Jahren werden die Erfahrungen als Mieter in anderen Wohnungen eher klein sein.

Konstanz war gegeben. Abwechslung weniger.

Der Flurfunk ist immer interessant und gute "connections" zu diesen Langjährigen bringt auch etwas Abwechslung in das Leben. Zudem erhält man wichtige Informationen.

Leider kann es etwas skurril werden, wenn sich die von sehr hochbetagten Mitbewohnern behaupteten Dinge über jemand anderen als unwahr herausstellen.

(Da ich kein Tratscher bin, ist das für mich nebensächlich und ich setze mich auch nicht der Gefahr aus, wegen übler Nachrede belangt werden zu können.) Und wenn derjenige, über den geredet wurde, auch nichts davon weiß und sich verwundert zeigt, wenn andere ihn darauf ansprechen, die nicht verschwiegen sind, wird es ganz unübersichtlich. Ich, Bernd, weiß dann immer von nichts. Und bin zu jedem oberflächlich loyal. Und gerade weil ich nicht tratsche und lieber die anderen reden lasse, erfahre ich so viel mehr.

Meine Einsichten:

Gib den Menschen eine Bühne und sie werden sich inszenieren.

Gib den Menschen Macht über andere und der wahre Charakter bricht sich Bahn und lugt hervor.

Stellen Sie sich bitte eine große Wohnung mit vier Zimmern, einem Bad, einer extra Toilette und großen Fluren vor und die Küche ganz weit hinten, damit der Geruch beim Kochen die Wohnqualität nicht mindert. Die Wohnlage ist zwischen gut und sehr gut einzuordnen. Die Miete wäre bei einer Neuvermietung für die meisten, durchschnittlichen "double income" Paare trotzdem nicht bezahlbar gewesen.
Aber so weit kam es ja gar nicht. Die Wohnung wurde seit 40 Jahren nie frei!
Die Mieter X. ließen sich schon lange nicht mehr persönlich blicken.
Sie waren seit etwa fünfzehn Jahren nur noch auf dem Papier die Mieter.
Die schon längst woanders lebten. Ein Gewerbe war laut Internet auch in der Wohnung angemeldet, welches die Familie auch weiter betrieb.
Ob diese Information noch aktuell war, dafür wollte ich mir keine Zeit mehr nehmen.

Der Sohn würde die Wohnung brauchen. Der war aber auch kaum anwesend.
Wo lebte er denn bitte? Mit im Haus der Eltern am See? Immer wieder neue Mieter, Studenten, bevölkerten die Wohnung.
Die sowieso schon eher als nachlässig zu bezeichnende Hausverwaltung schien von diesem selbstverständlichen Treiben nichts mit zu bekommen. Diese wechselnden Leute, es hieß, das seien Studenten, waren sicher nicht

bei der Hausverwaltung angemeldet!? Wie sich herausstellen sollte, nicht zu dem Zeitpunkt, als die Beschwerden losgingen. Unerlaubte Untervermietung ist ein Grund zur fristlosen Kündigung.

Und so ein geräumiges Studentenzimmer mit hohen Decken und zentral gelegen, bringt schon mal einige Hundert Euro. 800 - 1000/Monat sind möglich.

Und das mal drei gerechnet. Nicht schlecht. Es ist nur eine vage Vermutung.

Da könnte noch ein gutes Plus erwirtschaftet werden mit diesem alten Mietvertrag von vor 40 Jahren.

Ich bin wahrlich gegen Denunziation und möchte auch nicht derjenige sein, der jemals denunziert. Aber sowas zu beobachten, regte mich auf.

Und einer war besonders laut, frech und unerträglich und wohnte dort bereits einige Jahre.

Seine Zugehörigkeit zu welchem Volk war für mich nicht einschätzbar. In diesem Fall halfen mir weder meine Menschenkenntnis noch das Pendeln weiter.

Seine Sprache war mir gänzlich unbekannt und nicht einzuordnen. Mag auch sein, er sprach einen starken Dialekt einer Sprache, die normalerweise erkannt werden würde. Unterhalten Sie sich mal mit einem schnell sprechenden Texaner, dann wissen Sie, was ich meine. Und diese mir unbekannte Sprache sprach er immer, wenn es nur für ihn möglich war. Gutes Englisch konnte er auch reden, wenn er mit Frauen stritt.

Angeblich war er der deutschen Sprache kaum mächtig, wenn ihn jemand wegen des Lärmpegels ansprach.

Dieser Exot war ein "Mitglied der Familie", so die Mieterin-Mutter im O-Ton. Und durch wen war er "familisiert" worden, bitte? fragte sich manch einer. Der Sohn schien nicht homosexuell zu sein (kaum da - selten gesichtet worden), die Tochter wirkte eher unscheinbar und die Eltern, die Mieter, glänzten mit permanenter Abwesenheit.

Vielleicht fand eine späte Adoption eines etwa dreißig Jährigen statt ?

Als ein Mitbewohner dieses Gerücht mit seiner "Ausbildung" in die Welt setzte und verbreitete und ich andere Beobachtungen dazu fügte, meinte ich zu wissen: Den hatte Familie X. für immer "an der Backe". Oder für eine sehr lange Zeit. Und ich ebenfalls - zumindest in einem Teil meiner Wohnung.

In alten, sehr großen Häusern kann eine Wohnung an mehrere Nachbarwohnungen grenzen. Auch bedeutet dieselbe Wand nicht unbedingt denselben Eingang und Aufgang gemeinsam zu teilen.

Dreimal am Tag bereitete sich dieses "Mitglied der Familie" spezielles Essen zu, denn es wurde frisch "geschrotet". Und auch spät in der Nacht hatte dieser Mensch noch Lust auf Kulinarisches. Ich vermutete, dass die Zeitverschiebung von einigen Stunden nicht das Essverhalten verändert haben könnte. Sondern er lediglich im gewohnten Rhythmus wie in der Heimat aß. Halt nur sechs Stunden zeitversetzt. Ich vermutete, das Frühstück um 6 daheim erfolgte um 12 Uhr unserer Zeit. Zu diesem Zeitpunkt war er für mich zum ersten Mal präsent und gut hörbar. Die Mahlzeit von 12 Uhr mittags wurde auf 18 Uhr unserer Zeit, und die von 18 Uhr auf 0 Uhr verschoben.

Nur so ließ sich die Konstanz der Zeiten erklären.

Das laute Klappern eines Backofenbleches in der Nacht wurde für mich zum Erkennungszeichen dieses "Familienmitgliedes".

Anfangs nach dem Einzug fanden extrem laute Feiern statt mit anderen jungen Stimmen. Da gab es kein Halten. Der Alkohol floss nur so in Strömen. Man weilte in der Küche und direkt an der Quelle, dem Kühlschrank.

Es wurde gerumpelt, gegrölt und man zeigte sich "präsent". Bis morgens um vier Uhr. Kein Schreien und Klopfen änderte was daran.

Nach Beschwerden von mehreren Mietparteien im Laufe der folgenden Monate wurde es etwas besser. Die zwei anderen Studenten bekamen eine Kündigung und dann meinte die Frau Mieterin, nun würde Ruhe einkehren, die zwei Studenten wären raus. Und wir entsetzt darauf: Die Zwei waren nie die Lautesten. Es ist Ihr "Familienmitglied".

Da hatte dieser Schlingel wahrscheinlich die Schuld den anderen beiden, im Verhältnis betrachtet eher ruhigen Deutschen angehängt.

Nun, werter Leser, gestatten Sie mir eine Frage? Wenn Sie sich erinnern, gab es nun zwei unangenehme Situationen mit Nachbarn mit anderen kulturellen Eigenschaften und Vorlieben. Menschen, die aus Afrika kommen und in ihren Ländern dort den exportierten, deutschen Wohlstandsmüll sehen (und rochen), denen wird schwerlich begreiflich gemacht werden können, warum sie den Müll hier trennen sollen.

Bei dem Menschen über mir, ging das ja noch mit dem "Ich-nehme-mich-zurück". Bei diesem Exemplar war das leider unmöglich.

Und kennen Sie auch, dass bei allem Verständnis irgendwann so etwas wie Wut entsteht. Und man sich überlegt, wie man den Verursacher der Schikane selbst drangsalieren könnte? Man tut es nur in der Phantasie, wohl wissend, dass praktische Gegenwehr in einer Eskalation gipfeln würde.

Und wie früher die Polizei wegen Ruhestörung rufen zu können und Anzeige zu erstatten, das waren noch gute Zeiten, ist nicht mehr möglich.

Rufen Sie hier mal den "Freund und Helfer" an, weil im Vorübergehen beobachtet wurde, dass ein Mann eine Frau aggressiv anging, laut war und der Eindruck erweckt wurde, er würde diese gleich schlagen.

So, erst dauerte es einige Minuten, bis ich überhaupt durchkam. Der Grund des Anrufes durfte nur knapp geschildert werden. Als erstes wurde ich nachdrücklich gebeten, meine Personalien anzugeben.

Die Dame am Telefon schien keine Eile zu haben. Und auch keine Angst um die Frau, die ich anfangs nur kurz erwähnen durfte. Jedoch ganz ausführlich waren alle

Fragen nach meinen Personalien zu beantworten. Das Paar wechselte inzwischen in eine kleine Seitenstraße. Der Mann wurde nicht ruhiger und umgänglicher. Und ihre Stimme konnte ich zunehmend ängstlich und weinerlich hören.

Ich wartete noch gut zwanzig Minuten auf den angekündigten Streifenwagen.
Und ging dann nach Hause. Ca. sechs Wochen später bekam ich ein Schreiben von der Polizei:
Ob ich beobachten konnte, dass dieses Paar einen Wagen beschädigt hatte. Nicht mit mir!

Bernd becomes female

Manchmal weiß ich sowieso nicht mehr, warum es in Geschäften und Kaufhäusern eine getrennte Frauen- und Männerabteilung gibt.
Vermischt sich doch eh alles immer mehr. Auch bis zur Unkenntlichkeit.
Die "Geschlechter" wie weiblich, männlich, divers, noch suchend danach, trans… inklusive, nähern sich optisch immer weiter an oder neutralisieren sich. Die "Rollen" sind variabel oder gar nicht mehr vorhanden.
Es ist egal, wie jemand hormonell eingestellt ist und mit welchen Geschlechtsteilen er, sie, divers… geboren wurde.
Was nur noch zählt ist, wie der Mensch sein Geschlecht "fühlt". Und das ist ein richtungsweisender Fortschritt für die Menschheit.
Da alles gesellschaftlich erlaubt ist, ist Vorsicht geboten, das Geschlecht voreilig und unter Umständen falsch einzuschätzen, um eine Person damit peinlich zu berühren oder zu verletzen. Allein bestimmte Worte könnten schon irritieren. "Das sagt man nicht!" hören Kinder oft. Ich bin aber ein erwachsener Mann. Ich bin froh, nicht mehr so viel mitteilen zu wollen wie früher.
Schön, dass mir diese Fettnäpfchen und Stolpersteine mit der falschen Sprachbildung erspart bleiben.
Bis man sich nicht ganz sicher ist (durch tiefe Stimme, Kehlkopf, Brüste, Größe der Hände, wie sich der Mensch bewegt…), so sollte man vorsichtig sein mit der

Anrede Frau und Mann. Und wie möchte eine "diverse"
Person angesprochen werden, bitte? Ich versuche,
jenes Malheur zu umgehen, indem ich eine direkte
Anrede vermeide.
Dass alles im Sinne der Geschlechter im Fluß ist, hat
auch der Gesetzgeber längst erkannt und auf
erfreuliche, vorbildliche Weise reagiert.

Jeder darf einmal pro Jahr sein Geschlecht wechseln.
Und davon werde ich bald regen Gebrauch machen,
nachdem das Buch fertig geschrieben sein wird.
Meine Intention ist weniger das Geschlechtliche, bin
leider so ein alter, weißer und langweiliger Heteromann,
sondern der Umgang der Menschen damit.
Und wie geistig flexibel die Mitmenschen sein können,
das möchte ich gern erfahren, indem ich den Wechsel
vom Mann zur Frau und zurück wage.
Wegen Bestellungen kennt man mich mit richtigem
Namen Herr Vosfelder in der (neuen - siehe später)
Apotheke und dem kleinen, netten Cafe gleich um die
Ecke.
Dann werde ich das Geschlecht ändern auf "Frau
Vosfelder". Spricht man mich an diesen zwei Orten mit
"Herrn" an, werde ich darauf hinweisen, nun eine Frau
zu sein. Und das möchte bitte berücksichtigt werden von
jedermann.
Ich schätze, dass mindestens achtzig Prozent der
Menschen meinem Wunsch selbstverständlich
entsprechen werden, mich als Frau anzureden.

Das würde ganz schnell zur Selbstverständlichkeit werden. Der Rest von etwa zwanzig Prozent, den es immer an Abweichlern und Sonderlingen gegeben hat, wird meine Zielgruppe werden.

Da ich nicht vorhabe, mit Perücke und Frauenkleidern unterwegs zu sein, mich aber immer und überall mit Frau/Herr Vosfelder je nach aktuellem Eintrag vorstellen werde, zudem jedes Jahr zu einer anderen Zeit das Geschlecht wechseln, müssen diese Leute durcheinander geraten bei mir. Und dann werde ich sie ertappt haben wegen "Diskriminierung".

So könnte meine Überlegung für Menschen mit bestimmten Neigungen zu einer sinnvollen Beschäftigung werden. Wer seine Mitmenschen gerne testet, Freude am Denunzieren hat und sich noch ein Taschengeld dazu verdienen möchte (ich sage nur Schmerzensgeld), täte damit auch noch was Gutes. Für die Vielfalt. Die Toleranz. Gegen Diskriminierung. Denn darum geht es.

Was bei aller Freude an der Denunziation nicht vergessen werden darf, laufen ja wirklich viele Dinge nicht korrekt und es wird gemogelt und auch betrogen, um den Gewinn zu maximieren oder einen sonstigen persönlichen Vorteil daraus zu ziehen.

Aber ob man die Bösewichte bereits bei kleinen Verfehlungen alle an den Pranger stellen sollte inklusiver Teeren und Federn, da habe ich so meine Bedenken. Die Gerichte sind schon jetzt heillos überlastet mit Klagen aller Art.

Nach drei Jahren vor Gericht weiß doch kaum noch einer, wie, was und womit betrogen, hantiert und gestreckt wurde. Es sei denn, es wird ein Tagebuch geführt und jede Verfehlung akribisch dokumentiert, um den Überblick nicht zu verlieren. Es gibt ja solche Menschen, die das Gefühl brauchen, über alles weiterhin eine augenscheinliche Kontrolle zu haben.

Zackig mit Zollstock

In diesem Berliner Bezirk, in dem ich lebe, gewannen die CDU und die Grünen die meisten Stimmen bei der letzten Wahl zum Senat.

Und in Berlin kann ein "Bezirk" so groß wie eine Großstadt anderswo sein.

Es heißt neuerdings: "Die Grünen wählen muss man sich leisten können."

Und so ein wuchtiges, empfohlenes Klima schonendes Gefährt wie ein Lastenfahrrad kostet schon mehrere tausend Euro allein bei der Anschaffung.

Besonders interessant zu beobachten ist, wenn vorbildliche Mütter und Väter ihren Nachwuchs meist vorn im Lastenfahrrad sitzen haben und dann directamente von der Seitenstraße in der roten Ampelphase rechts rum in den fließenden Verkehr einer Hauptstraße einscheren.

Eine von vielen Beobachtungen war folgende:

Ein junge Mutter in voller Montur mit Sonnenbrille (es war ein dunkler Herbsttag), Fahrradhelm, Knieschonern und Lederhandschuhen an, war bestens ausgerüstet für einen Ride mit den Kids. Die zwei Vorschulkinder saßen vorn - ohne Schutz und Gurt - in dem Raum, in dem die Lasten transportiert werden sollten. Eng aneinander gedrückt auf Höhe der Auspuffs von Autos warteten sie, dass die Mama endlich in die Pedalen trat.

In Deutschland wird alles geregelt mit Vorschriften und Gesetzen. Oder Regeln erlassen aus Brüssel.

Inzwischen gerät auch was man sagt und das Denken längst ins Visier, da autonomes, unbeaufsichtigtes Denken den meisten Mitmenschen mehr schadet als ihnen guttut. Und das will ja nun wirklich niemand.
Warum gab es bisher keine Regelung in Bezug auf diese schutzlosen Kinder?
Die Mutter schien ein wagemutige Hasardeurin zu sein!?
Erst wenn der erste schlimme Unfall mit einem Lastenfahrrad passiert sein wird, erscheint auf allen Sendern in den Redeshows dieses Thema. Hoch und runter. Kreuz und quer. Und wieder von vorn.

Ist so ein Gefährt überhaupt noch ein Fahrrad?
Oder bei näherer Betrachtung eher ein Transport- und Lieferfahrzeug?
Ich bin dafür, diese Fahrgeräte zu versteuern. Und mit Kennzeichen wie bei Autos zu versehen. Und alle zwei Jahre damit zum TÜV bitte. Wegen der Kinder.
Und wenn schon Kinder darin "transportiert" werden wollen, dann ist das Helmtragen und das Anbringen von Gurten bindende Pflicht.
Dann müssen die Polizei und das Ordnungsamt wieder aufmerksamer werden und härter durchgreifen, genauso, wie es in der Conora-Zeit möglich und geschehen war.
Damals war es machbar, sogar einen "einzelnen" Täter (hatte seinen Kumpel mit Handschlag und angedeuteter Umarmung und "ohne Maske" begrüßt und wurde leider beobachtet) mit dem hoppelnden Polizeiauto über den

Rasen bis zum Gebüsch zu verfolgen, um den "Täter" zu fassen zu kriegen.

Nur den großen Fahrkünsten des Polizisten war zu verdanken, dass es zu keinem Achsbruch des Autos kam. Und der Verfolgte nicht zu schaden, als er wie ein Hase mit einem Haken die Laufrichtung wechselte.

Auch Helikopter kamen zum Einsatz gegen die Uneinsichtigen, die mit ihren Kindern auf einem zugefrorenen See wenig, ein ganz, ganz wenig nur an Abwechslung wünschten in dieser so anstrengenden Zeit. Und die meisten Menschen verhielten sich anständig, gewissenhaft und folgten den Anordnungen. Und wenn es unbemerkt enger wurde beim Spaziergang oder auf einer der sinnlosen Demos gegen die Maßnahmen, hatte der Herr Wachtmeister seinen Zollstock zum Messen und zur Korrektur des Abstandes dabei. Und trieb die Menschen notfalls auseinander. Da wird man doch so ein paar Lastenfahrräder regelmäßig kontrollieren können, oder nicht?

Der Zollstock sollte erneut zu einem "Arbeitsgerät" werden, welches jeder Polizist mitzuführen hat ab dem 01.April 2024 (genau an dem Tag werden Aprilscherze gemacht und Menschen erzählen sich gegenseitig abenteuerliche Lügengeschichten), um ausmessen zu können, dass der Spaziergänger mit drei Hanfpflanzen in den Armen auch die vorgeschriebenen zweihundert Meter Abstand zur Kita in der Nähe einhält.

Zudem werden gute Rechen- und Recherchekenntnisse erforderlich sein, wegen der Ermittlung der Anzahl der Mieter in einer WG, beziehungsweise wie viele tatsächlich angemeldet und auf wie viele die vorhandenen Hanfpflanzen rechnerisch zu verteilen sind. Nur zeitlich begrenzt anwesende Menschen und Mitraucher von Cannabis müssen separiert werden, damit die Berechnung stimmt. Und eventuelle Ordnungswidrigkeiten können korrekt dokumentiert werden. Um gute Kenntnisse des Gesetzestextes zur Freigabe von Cannabis zu erlangen, sollte es für jeden in der Polizei spezielle Schulungen geben.

Was wird die Polizei mit den zugedröhnten Kiffern anstellen, die zu viel Cannabis dabei haben werden? Und in jeglicher Weise den Überblick verlieren. Grundsätzlich hat sich der jetzige Gesundheitsminister mit all seinen Beratern und Staatssekretären doch recht gut geschlagen und ist nie um eine Ausrede verlegen oder eine Antwort schuldig geblieben. Gelegentlich redet er schneller, als er denken kann. Aber gerade diese Fähigkeit zeichnet ihn für viele in der Bevölkerung aus. Dieses Gesetz ist gut durchdacht.

So schätzen meine deutschen Mitbürger und ich das: Freiheit, jedoch bitte gut kontrolliert.

Das Belohnungszentrum

Jedoch ist der Vertrauensverlust in vielen Bereichen zu groß geworden. Auch in der Politik, aber das ist nicht mein bevorzugter Bereich.

Was früher an "Beschiss" nur in südlichen Ländern üblich war, zum Beispiel an einem der schönsten Plätze in Rom wurde mir bei einem Saltimbocca nicht das auf der Karte stehende teure Kalbfleisch kredenzt, sondern Schwein sehr dünn geschnitten (mein Italienisch war zu dürftig und mit Englisch wollte ich erst garnicht anfangen), greift auch immer mehr bei uns um sich.

Nicht die Lebenslust, das Ola und Vamos, das Laissez-faire oder Dolce far niente beflügeln, sondern der bewusste vorsätzliche Betrug verärgert uns.

Gern möchte ich einige Beispiele nennen, die mir innerhalb kürzester Zeit widerfahren waren.

Fast jedes Lebensmittelgeschäft versucht Artikel, deren Haltbarkeitsdatum bald erreicht sein wird, noch reduziert zu verkaufen.

Interessant wird es jedoch dann, wenn der angeblich reduzierte Preis genauso hoch ist wie der OVP. Halt nur auf "rotem" Babberle gedruckt. Passierte mir zweimal und ein weiteres Mal lag etwas im reduzierten Bereich mit Haltbarkeitsdatum noch ein Tag, war aber nicht ausgezeichnet. So wäre der reguläre Preis an der Kasse fällig gewesen. Ich bat eine Verkäuferin, den korrekten, gerade geltenden Preis anzubringen. Auf das "wird schon gutgehen" verließ ich mich nicht mehr.

Was diese Frau auch tat. Und zwar noch günstiger als die sonst übliche Hälfte des Preises. Und seitdem wurde ich insgesamt aufmerksamer. Regelrecht misstrauisch. In einer großen Drogerie befand sich ein Regal mit reduzierten Kosmetikartikeln und mit farblich verschiedenen Testern. Die Tuben befanden sich alle durcheinander in einem Gefäß aus Plastik. Gundi (zu der ich noch näher berichten werde) probierte die Farbtöne aus und griff dann aber zu einem Make Up-Ton ohne Tester. Die Nummer Zehn war zu hell, die Zwanzig zu dunkel. Also wählte sie die Nummer Fünfzehn aus.

Auf fast allen stand der Aktionspreis von 6,99€ statt der ursprünglichen 13,99€. An der Kasse sollte sie aber den vollen Preis dafür zahlen. Ist das ein Zufall?

Hätte sie mehrere Artikel gekauft, wären die sieben Euro Unterschied eher unbemerkt einfach in der Endsumme verschwunden. Und viele Kunden wollen zur Kontrolle weder einen Kassenzettel, noch einen Beleg für die Kartenzahlung.

Klassiker, vor dem immer wieder nur gewarnt werden kann: Echtes Leder! Und made in Italy.

Und dann mein Dönermann. Wer aß nicht gern mal einen Döner und am liebsten dort, wo Knoblauchsoße oder alles besonders gut ist.

Denn ohne die Soße wäre der Döner Verzehr nur halb so attraktiv.

Nun denn, früher war der normale Döner im Brot fast unverschämt günstig. Heute ist es nicht nur sehr teuer geworden mit sieben Euro für den normalen und neun Euro für den Dürüm Döner, denn anscheinend reichte (zumindest meinem Döner Anbieter) das immer noch nicht an Kompensation der gestiegenen Kosten.

Auch wenn ich nur bewusst und wenig Fleisch aß, war mir in großen Abständen danach, einen Döner zu essen, trotz des Preises.

Das Stück Fladenbrot war so groß wie früher auch. Nur was darauf kam, war einiges weniger und das erkannte ich sofort. Um das fehlende Volumen zu kompensieren, wurde der Teig lockerer gedreht und äußerst vorsichtig in Alufolie verpackt. Das einst gut gefüllte, in der Hand liegende "Paket", war zu einem jämmerlichen schwankenden Etwas geworden. Abzuraten, dieses sofort und auf der Stelle aus der Hand zu essen. Gerade, wenn hinterher noch ein wichtiges Meeting oder Date anstand, würde das Essen mit hohem Risiko behaftet sein. Wenn nicht sogar zum Fiasko werden. Dieser Verantwortung schien sich der Dönermann nicht bewusst gewesen zu sein.

Obwohl ich mich schon etwas veralbert fühlte, wollte ich nicht vorschnell urteilen. Vielleicht hatte der Mitarbeiter einen schlechten Tag oder so !?

Einige Wochen später ging ich wieder zu meinem vertrauten Dönerstand, der bis zu diesem Geschehen mein Favorit hier in der Gegend war.

Diesmal bestellte ich eine kleine Döner-Box.

"Alles Gemüse?"
"Ja, bis auf Zwiebeln."
"Welche Sosse?"
"Knoblauch bitte."
"Zum Mitnehmen oder hier essen?"
"Zum Mitnehmen, bitte."

Genau beobachtete ich, wie das Gemüse in dem Pappkarton verschwand. Mehr und noch mehr. Fast hatte ich versucht zu fragen, ob noch Platz für das Fleisch und die Soße übrig war. Von der Soße gab es großzügig. Die Zugabe des Fleischanteils konnte ich nicht beobachten, denn der Döner Mann stand mit seinem Körper direkt vor dem Spieß, an dem das Fleisch duftend brutzelte. Zuhause stellte ich dann fest, dass die Box zwar reichhaltig gefüllt, aber nicht mehr für jeden Geschmack geeignet war.
Es sei denn, man hatte Appetit auf einen Salat mit Knoblauchdressing und einigen Fleischstreifen dezenter Art oben aufliegend.
Da ich hoffte, meine Beobachtungen mochten nicht repräsentativ sein, so probierte ich es wieder nur einige Wochen später (ich brauche einfach Zeit, nach enttäuschenden Erlebnissen) bei einem ganz anderen Dönerstand. Fazit auch hier: Verhältnis von Kraut/Soße zu Fleisch auch 3:1. Aber die Soße, die war besonders schmackhaft.

Bei Fertigprodukten war längst der Eindruck entstanden, dass die Würzung umso stärker und effektiver zu sein scheint, desto schlechter die Zutaten sind. Wenn man lange Zeit selbst gekocht und relativ natürliche Produkte verwendet hat, so fällt der Unterschied am Geschmack besonders auf.

Wir Deutschen sind gern Schnäppchenjäger und das Belohnungszentrum im Gehirn springt leider zu schnell an, wenn es Waren, Lebensmittel, eine Dienstleistung und überhaupt etwas umsonst oder anscheinend billiger zu erwerben gibt. Und gibt es eine Bratwurst umsonst dazu, dann schwinden die Sinne gänzlich. Und sogar einige Covid Skeptiker ließen sich während des Essens der Thüringer Bratwurst gleichzeitig impfen. Während der Senf auf das Sakko tropfte, da der unverhoffte Pieks dann doch ein kurze Schrecksekunde auslöste.

Nicht zufällig scheint zu sein, dass der größte Ebay-Marktplatz in Europa der deutsche ist. Wenn das aber so auffällig ausgenutzt wird, wie es seit einiger Zeit geschieht, wird aus dem "Geschmäckle", wie die Schwaben sagen täten, ein belegbarer Nepp.
Zwei Artikel waren im Angebot. Groß beschildert und nicht zu übersehen. Einmal ein Reibekäse zu 1,49€. Und einmal so eingehüllte Erdnüsse im Teigmantel zu nur lächerlichen 1,19€. Da konnte was nicht stimmen! Bereits schwer sensibilisiert, schaute ich mir die Mengen an und diese waren reduziert. Beim Hochrechnen des

Preises auf die reguläre Packungsgröße kam genau der Wert raus, der auf der Packung mit dem regulären Inhalt nur wenige Meter entfernt ebenfalls zum Kauf stand. Diese "Angebote" waren gar keine.
Und von Schnäppchen zu reden, wäre doch sehr gewagt. Oder, es sei denn, man verträgt seine eigene Dummheit nicht, die man an den Tag legt und meint weiter, richtig gut gespart zu haben.
Und Wurstverpackungen erhalten meist nur noch achtzig Gramm statt einhundert wie früher, wenn es sich um ein "Angebot" handelt.

Die "besten" Erlebnisse ähnlicher Art hatte ich jedoch in einer Apotheke, wo ich einige Zeit Stammkunde war. Ich ließ lange die Unschuldsvermutung gelten, doch die Skepsis entwickelte sich und nahm rapide zu:
Noch vor der Zeit der Lieferengpässe, Vorgaben und Ausnahmeregelungen erhielt ich ein Medikament, das nachweislich kein Rabattpartner war (denn dieser war lieferbar!) und nur noch vier Monate haltbar laut dem Aufdruck. Man hatte mir einen Ladenhüter untergejubelt, so war meine Vermutung.
Ich wurde nicht darauf hingewiesen. Denn bei mir reichte eine Packung Jahre.

Wer unbedingt meint, geschenkte Kosmetikproben verkaufen zu müssen, dann bitte vorher drauf achten, dass auch alle Aufkleber "Probe" ab sind.

Es gibt manchmal zwei verschiedene Packungsgrößen, die beide abgegeben werden dürfen. Das trifft auf eher selten verordnete Medikamente zu.
Ich erhielt also die ungewohnte, kleinere Packung und bemerkte das leider erst Zuhause. (Da hätte mich interessiert, ob auch die kleine abgerechnet wurde oder die große? Ich weiß und bekenne, dass es sich hier um Misstrauen und eine böse Unterstellung handelt.)
Wieder gab es keinen Hinweis.
Musste deshalb eher zum Arzt und dem erklären, wieso ich schon wieder ein Rezept brauchte und die fünf Euro waren auch eher fällig.

Der letzte Vorfall, der zum eigentlichen Clou wurde, um nicht mehr als Kunde hinzugehen, war Folgender:
Bei meinem letzten Kauf von acht Euro verkündete mir eine Dame freudig, ich hätte gerade gut gespart!
Das war in dem Laden neu.
Apotheke und sparen, das passte nicht zusammen!
Auf der Straße blickte ich dann auf die Rechnung und sah, dass es sich um enorme acht Cent handelte.
Großartig (peinlich). Bei mir sprang jedenfalls nichts an.
Ich möchte nicht undankbar erscheinen, jedoch um nur einen Euro an Nachlass zu erhalten, hätte ich für sage und schreibe einhundert Euro freiverkäufliche Waren einkaufen müssen.
Ob es Menschen gibt, die sich davon locken lassen?
Ich vermute leider, ja.

Was mich bei dem Inhaber von Anfang an und stets beeindruckte: Der sprach nur das absolut Nötigste. Und das zackig schnell. Der hatte es bereits in jüngeren Lebensjahren begriffen.

Ehre in Ämtern

Es gab noch so viele andere Bereiche, in denen
Gutes-Tun möglich gewesen wäre, jedoch hatte ich zu
manchen Dingen und Bedürftigkeiten so gar keinen
Bezug. Es mochte auch sein, dass mir unbewusst die
Dinge zu anstrengend waren und meine reichhaltige
Phantasie sich schon ausmalen konnte, was mich
erwarten würde.
Bei "Der Tafel" oder in einer Suppenküche, einer
Kleiderkammer helfen, das konnte ich nicht, weil die
Gefahr bestand, auch Menschen zu treffen, die nicht so
ganz meinem Bild von Hygiene entsprechen.
(Ich ging ja zur Covid-Zeit in meiner physisch schlechten
Phase nirgends hin.) Ich weiß, wie jetzt Ihre Kritik und
Einwände sein werden, ja richtig, auch im Alltag
begegnet man diesen Menschen. Die genauso viel wert
sind, wie jeder andere auch.
Gestatten Sie mir, ohne zu intim werden zu wollen, den
Hinweis, dass manche Gerüche auch schöne oder
schlimme Erinnerungen erwecken können.

Meine weiteren Mottos: Jede Woche wenigstens eine
gute Tat vollbringen. Und keinen Tag gelebt, ohne
wenigstens einmal herzlich gelacht zu haben.
Die gute Tat von mir bekam immer ein Mann mittleren
Alters ab, der so gut wie jeden Tag vor einer
Lebensmittelfiliale saß, seinen Pappbecher vor sich
stehen hatte und auf Spenden hoffte. Jedesmal wenn

ich dort einkaufen ging, gab ich ihm etwas Geld. Meist war es der eine Euro vom Einkaufswagen.

Dann mal wieder mein ganzes vorhandenes Kleingeld in der Geldbörse und zu Weihnachten gab es halt mehr in Form eines Scheines.

Ich war nicht der Einzige, der es gut mit diesem so unaufdringlichen Obdachlosen meinte.

Für die Umstände hielt er sich erstaunlich gut und "sorgte" in gewisser Weise noch für sich. Im Winter hatte er zumindest einen Schlafplatz, wenn auch nicht direkt in Berlin, sondern in Potsdam.

Immer wieder hütete er einen kleinen Hund an der Leine, als der Besitzer im Geschäft einkaufen war. Was für ein Bild das ergab. Goldig. Dieser Mensch hatte täglich wesentlich mehr Kontakte und Ansprache als ich in der ganzen Woche. Gern plauderten auch wir kurz. Und erstaunlich war, wie schnell man sich an jemanden gewöhnen konnte. Und saß derjenige nicht dort, fragte ich mich, ob es ihm gut ginge.

Und dieser Mensch hatte Humor. Und war schlagfertig. Somit ganz mein Fall. Eine Zahnlücke oben links, der große Schneidezahn fehlte, sowie unten rechts war der Eckzahn verschwunden. Wenn er lachte, dachte er nicht an diese Zahnlücken und ob er darunter litt, wer weiß das schon.

Nichts ist dröger, als mit Humorlosen zu tun zu haben.

Ich erwarte wirklich nicht, dass jeder alle Feinheiten der deutschen Sprache beherrscht und/oder die feinste Schwingung an Ironie versteht.

Wer sich jedoch bei dem kleinsten Witz angegriffen fühlt, mit dem kann ich einfach nicht zusammen sein. Früher meinte ich zu wissen, dass dieses auch auf bestimmte Sternzeichen zuträfe. Nicht jeder ist gleich innerhalb eines, sondern es gibt Ähnlichkeiten und Tendenzen bei den Prioritäten im Leben und wie damit umgegangen wird. Zum Beispiel eher ideell als materiell eingestellt. Mehr rational oder gefühlsmäßig betont lebend. Eher ein seriöser Mensch sein oder ein Schlawiner. Hasardeur oder Feigling?

Was außergewöhnlich war in meinen Einschätzungen, war die Trefferquote, ob jemand einem Feuer-, Wasser-, Erd- oder Luftzeichen angehörte.

Bei einer Frau, die im Sternzeichen Steinbock (entschuldige mich - reiner Zufall) geboren war, sah ich sofort die raumfüllende Schrankwand in ihrem Wohnzimmer vor meinem inneren Auge. Voll mit Nippes. Ohne ein gescheites Buch darin stehen zu haben. Und als es sich dann genauso bestätigte, glaubte ich, dass es wirklich noch unbekannte Dinge zwischen Himmel und Erde geben musste.

Und auch die negativen oder positiven Schwingungen einer Aura spürte ich sofort. Meist reichte nur ein erstes Ansehen, Anfühlen, der erste Satz, die Stimme und ich dachte: "Nichts wie schnell weg". Zum Unverständnis der Betroffenen. Erklärungen hätten nur meine Zeit verschwendet und die Menschen verletzt. Das versuchte ich schon seit längerem zu vermeiden.

Die Astrologie war mir immer ein guter und verlässlicher Freund, sowie Ratgeber. By the way, erwähnt sei für alle Astrologie-Fans: Bin Sternzeichen Stier.

Vor schwierigen Entscheidungen das Tarot ergänzend befragt und dann noch mit dem Pendel abgesichert, so wurden viele Entscheidungen in jungen und mittleren Jahren getroffen. Heute als Senior kann ich mich da mehr und oft ausschließlich auf mich allein verlassen. Manch einer wächst halt mit seinen Aufgaben, Herausforderungen und Widerständen im Leben. Andere verzweifeln und/oder gehen daran zugrunde.

Die Frau, mit der ich am meisten lachen, lästern und mich amüsieren konnte und für die ich die größte Leidenschaft empfand, war leider eine meiner glücklosesten Erfahrungen meines Lebens. Sogar noch gemeinsam über einen Fauxpas oder eine Situationskomik im Bett lachen können, das ist göttlich und ein Geschenk.

Und entkrampft so manche, eigentlich peinliche Situation.

Weitere Möglichkeiten für ein Ehrenamt:

DLRG
Aktion Mensch
plan
mit-dir-für-uns-alle
AOK
berlin.de
Plan
Caritasverband
Malteser
Häuslicher Besuchsdienst
Gute Tat
SOS Kinderdorf
Verband alleinerziehender Mütter und Väter e.V.
Bürgerstiftung Berlin
Die Arche
Tik e.V.
Betreut.de
Berliner Lesepaten
Leihoma/ Leihopa
DRK Kinderkrankenhaus-Besuchsdienst
DRK Blutspendedienst
TrauerZeit Berlin e.V.
MiniKitas
Ich will helfen!
Kindernothilfe
Schülerpaten Berlin e.V.
Berliner Stadtmission

Die Filialen der Tafel.
Nachbarschaftsheime
McDonalds Kinderhilfe Stiftung
Unicef
Tierheim Berlin
NABU
Lebenshilfe Berlin
Die Bahn
Stadtteilcafes
etc.

Um nur einige genannt zu haben und zu demonstrieren, wie groß die Nachfrage an ehrenamtlichen Helfern ist und wie viel ich noch ausprobieren hätte können.

Der Versuch, mich in einen Chor einzubringen, scheiterte ja aufgrund meiner Stimmlage und der Unfähigkeit, meine Stimmbänder in die rechte Schwingung zu versetzen, um höhere Töne zu erzeugen.

Diese Erfahrung hatte als Konsequenz einen Rückzug von etwa vier Wochen zur Folge. Dann erfolgte eine neue Sondierungsphase.

Dass gleich die ersten beiden Zuhörer schnell hintereinander starben, als ich Vorleser war, betrachtete ich als schlechtes Omen. Damals selbst die Mitte Fünfzig überschritten, wurde mir angesichts dieser Nähe des Todes doch leicht mulmig. Nicht dass der Gevatter Tod seine Hand nach mir als nächsten ausstrecken würde. Das wäre mir dann doch zu viel Nähe gewesen. Diese folgende, nötige Zeit der Erholung dauerte nicht so lange, denn ich traf diese Entscheidung bewusst und autonom. Und das war immer wichtig für mein Seelenleben, welches ich nicht immer als so einfach einstufen möchte.

Die Kinderbetreuung inklusive Nachhilfe erwies sich schwieriger als gedacht. Ich hätte ja vorgewarnt sein können, wenn ich unten auf der Straße sah, wie die Helikopter-Eltern morgens vor der Grundschule die sowieso enge Straße verstopften, sich wild gegen jede Regeln mit dem KFZ hinstellen, die Kinder schnell auf der gegenüberliegenden Seite der Schule entluden und noch liebevoll riefen: "Sei vorsichtig beim Rübergehen, Schatz!"

Wunder gibt es immer wieder

Wirklich schockiert hat mich jedoch bis heute dieser Blutspendedienst. Vorher hätte ich mir nie vorstellen können, dass es im Ehrenamt gleich oder noch schlimmer zugehen könnte als in der Berufswelt. Ich tat etwas freiwillig und hatte nicht meine komplette Arbeitskraft zur Disposition angeboten.
Ich wurde mit meinen damals sechsundfünfzig Jahren behandelt wie ein ungehöriger Schuljunge, den es zu maßregeln und erziehen galt.
Meiner bereits verhärteten, aber sensiblen Seele tat das überhaupt nicht gut. Und ich brauchte Monate zur Regeneration, die ich wieder überwiegend im oder auf dem Bett verbrachte.

Und dann kam "Corona". So wurde ich direkt von einem Malheur in das andere verfrachtet.
Nach durch die Pandemie geraubten Lebensjahren schaute ich noch, aber wirklich nur jeweils einmal, im Tierheim vorbei, bei Unicef und Trauerzeit Berlin e.V..
Und bewarb mich noch zweimal, mit der Hoffnung, vielleicht das Geldverdienen mit dem Ehrenamt verknüpfen zu können.
Dass auch ich überhaupt noch fündig wurde, hatte weniger mit dem Zufall zu tun als mit mir selbst.
In einem Jobportal stieß ich auf einige Stellenangebote von Unternehmen, die Nachhilfeunterricht anbieten.
Gerade zwei fielen mir immer wieder auf und waren mir

vom Namen bestens bekannt. Für diverse Filialen wurde ein Filialstellen Leiter/in gesucht. Für die allgemeine Bürotätigkeit, zur Betreuung der Schüler und Eltern und zur Akquise von neuen "Nachzuhelfenden".

Meinen Job als Putzmann hatte ich immer noch und ziemlich sicher.

Diese Bewerbung hier geschah eher aus der mir angeborenen Neugier.

Wie gewünscht, bewarb ich mich bei jeder Filiale separat und höflicherweise immer mit der korrekten Anrede der Bezugsperson. Das machte ich, erinnere mich vage, etwa sechs mal. Und jedes Mal bekam ich eine Absage mit dem üblichen Blabla. Da konnte einfach was nicht stimmen?

Wochenlang suchten die und immer wieder dieselben Filialen, die ich angeschrieben hatte. Dann brauchte ich mich auch erst recht nicht als Nachhilfelehrer zu bewerben. Auch da fand und las ich viele Inserate im Internet. Was war da los, bitte?

Misstrauisch, wie mich das Leben bereits hatte werden lassen, kam ich auf den Gedanken, ob diese Jobportale nicht ähnlich funktionieren könnten wie Partnervermittlungen usw., nämlich auch auf diesem Wege Werbung zu machen? Anzulocken? Ohne wirklich etwas zu bieten zu haben mit der Annonce.

Sowieso bekam ich im Verhältnis recht viele Absagen auf meine Bewerbungen, seitdem ich EM-Rentner war und nur noch auf Minijob Basis arbeiten konnte.

Verwöhnt von früheren Erfahrungen in meinem alten Beruf, war das nun wie eine kalte Dusche. An mir konnte es weniger liegen. Einen simplen Job an der Kasse hätte auch ich locker ausführen können. Anscheinend waren meine schriftlichen Anfragen und Bewerbungen zu gepflegt, durchdacht und gut konzipiert. Als ich zu einem schlichten Dreizeiler überging, wurde es auch nicht besser.

Schade, dass es nur eine Rechtschreibprüfung in die positive Richtung gab und keine, welche hier und da mal einen grammatischen Fehler einstreuen würde und/oder die Rechtschreibkenntnisse etwas auf durchschnittliches Niveau der jüngeren Generation zurechtstutzen könnte. Man kommt ja keinen Schritt weiter, wenn der Empfänger das Anschreiben mit dem Anliegen kaum versteht. Letztendlich bewährten sich kurze, gern rudimentäre Sätze, denn diese verschafften mir auch den Minijob als Putzer.

Es dämmerte mir langsam, dass auch mein Status als angegebener Erwerbsminderungsrentner für viele Arbeitgeber sofort ein No-Go sein könnte.

Also wurde ich erneut und wiederholt fündig und griff ein klein wenig in die Trickkiste. Wie genau, kann ich hier nicht schreiben, um nicht rechtlich in Bedrängnis zu geraten. Nur eins, ich kann ein gewiefter Hund sein, kommt man mir zu blöd. Und das zu lange.

Durch die Endlossuche dieser professionellen Anbieter für Nachhilfe kam ich auf die Idee, ich selbst könnte Kindern Nachhilfeunterricht geben.

Auch diese Überlegungen kosteten mich wieder einige Zeit, um ehrlich zu sein, drei Wochen und viereinhalb Tage und siebenunddreißig Minuten grübelte ich, was ich leisten konnte und wollte und in welchen Fächern. Auf gar keinen Fall in den Bereichen, die dem Ex-Beruf ähneln. Bloß nicht! Deutsch und Englisch waren meine Favoriten. Für Grundschulkinder und zwar bis zur sechsten Klasse, das würde ich gut hinbekommen. Nach weiteren zwei Wochen, wie Sie bereits wissen, brauchte ich meine Zeit bei wichtigen Entscheidungen, dann ging es mit Vollspeed richtig los.

Und nach knapp sechs Jahren der bereits verzweifelten Suche nach einem Ehrenamt wurde ich fündig! Kurz bevor auch eine andere Wendung mein Leben bereichern sollte.

Gundula gefiel mir von Anfang an. Schon als ich sie zum ersten Mal im Hausflur traf. Da war sie so Anfang, na, so ähnlich alt wie ich. Da ich sie regelmäßig mit wechselnden Männern sah und keiner im Haus Näheres wusste, hielt ich sie anfangs für recht "umtriebig". Die Herren waren höchstens gleich alt oder jünger. So hielt ich meine Chancen bei Gundula G. aus dem zweiten Stock für relativ gering.

Und eigentlich hatte ich mich längst aus dem "Markt der Liebe" entfernt. Später erzählte sie mir, dass ältere Männer nur noch Sex wollten (und sie mich auch so eingeschätzt hatte) und das unverbindlich nur zu ihren Zeiten und das man sich auf so etwas nicht länger einlassen sollte. Durch die lange Ehe hatte sie einiges nachzuholen versucht, was jedoch nie über diesen unzufriedenen Zustand einer Affäre hinausging. Auch unter diesen Bekanntschaften gab es wie überall im Leben Kuriositäten.

Gundis Erfahrungen waren folgende:
"Mit Dir muss man immer so viel reden und vorher Essen gehen."
Ein anderer Mann meldete sich nach dem ersten gemeinsamen Sex ganze sechs Wochen nicht, rief dann an und erklärte, er hätte "wegen einer Hämorrhoiden OP nicht gehen und deshalb nicht vorbei kommen können".
Einer gab keine wahren, persönlichen Daten preis über den echten Namen, den Wohnort, die Herkunft und das Alter. Besser ausgedrückt, er phantasierte sich alles zusammen und blieb für immer ein Unbekannter.
Ein weiterer wollte angeblich recht luxuriös gewohnt haben und eine Frau durfte erst in die Wohnung, wenn sie zu seiner Freundin geworden war.

Was sich hier so amüsant liest, hat auch Gefahren in sich und das wurde Gundi sehr bewusst. Und dann kam der Tag, so etwa nach dem Versuch mit dem Mann

Nummer Sieben, dass ihr das alles zu blöd wurde und sie froh, frei und ungebunden zu sein.

Es dauerte einige Zeit, bis wir mehr als nur "Hallo" oder "Guten Tag" wechselten. Aus wenigen Worten wurden schon mal Sätze und dann folgten kurze Unterhaltungen. Eines Tages wurde ich auf einen Kaffee mit Kuchen zu ihr eingeladen. Und so nahm unser Kennenlernen seinen Lauf.

Mein Dasein als beinahe Eremit auf dem Weg zur ultimativen Klippe des verlorenen Misanthropen (von selbst ernannten Philanthropen wimmelt es ja nur so weltweit), wurde vorerst durch diese glückliche Fügung hinaus geschoben.

Während der Covid-Maßnahmen war es noch erlaubt, dass sich zwei Menschen aus zwei verschiedenen Haushalten trafen.

(Glücklicherweise - bitte unter uns, für mich natürlich nur - war Gundis Ehemann verstorben. Sie hatte zu jung einen sehr Alten geheiratet.)

Wir konnten uns treffen, ohne eine Ordnungswidrigkeit zu begehen. Und taten das hin und wieder auch und zunehmend lieber.

Es gab im Laufe der Zeit, je nach Inzidenz-Wert, so wie nach Lust und Laune der Politiker, immer wieder neue Regeln und Vorgaben. Ich weiß nicht mehr, wann der Zeitpunkt da war, als ich begann, mich dafür einfach nicht mehr zu interessieren.

Denn allein zuhause und hauptsächlich im Bett liegend mit Büchern, dazu war mir keine Regel bekannt, die ich hätte einhalten müssen.

Die einzige Alternative wäre gewesen, zu sitzen statt zu liegen. Ich saß die Zeit nicht ab - sondern lag sie tot.

Diese ganzen Maßnahmen hatten zur erfreulichen Folge, dass jene, die sich außer Haus in der schutzlosen Gefahrenzone bewegten, nicht die schwer vom Virus gekennzeichneten Menschen und die Berge an Toten sehen mussten.

Verstorben wurde in der Regel allein. Und streng isoliert. Auch das auf Order und dem höheren Ziel dienend, "jeden" nur möglichen Menschen zu retten.

Gerade die sehr Alten sollten eine besondere "Fürsorge" erhalten. Und zeigten sich anfangs sehr erfreut, berührt und dann hart "betroffen".

Nicht jeder Job ließ sich erfolgreich in ein Homeoffice umwandeln. Bei den meisten war das jedoch gut möglich. Obwohl Lehrer im Homeoffice weiter Unterricht geben sollten, gab das sowieso schon schwache Bildungsniveau weiter nach.

Obwohl die Covid-Maßnahmen nicht der Grund waren, sondern nur noch wie ein Brandbeschleuniger wirkten.

Gundi, noch halb berufstätig, fand das nicht so schön, den Arbeitstag auch noch zuhause verbringen zu müssen. Und Monate lang war es so gar nicht mehr erlaubt, aus dem Haus gehen zu können, außer sich zu ernähren.

Da man die Menschen nicht verhungern lassen konnte, um die Viren alle auszurotten, war der Einkauf in Lebensmittelläden erlaubt. Ich hörte später von Leuten, die täglich mindestens einmal bis mehrmals von diesem Angebot Gebrauch machten, um nicht gänzlich den Verstand zu verlieren, in dieser anscheinend ausweglosen Situation. Anstatt drei nötige Artikel einzukaufen, wurde halt dreimal nur einer erworben. So blieb wenigstens etwas Bewegung.

Zu den Nachmittagen mit Kaffee und Kuchen gesellten sich dann Spaziergänge mit dem Taihga, sowie gemeinsame Besuche von kulturellen Veranstaltungen, wie ein Theater- oder Opernbesuch.
Leider gab es danach immer Beschwerden wegen dem Wachhund und seinem Verhalten.
Das schmälerte das ganze Vergnügen hinterher etwas.
Aber nur etwas. Wir hatten uns viel zu erzählen und noch mehr miteinander zu lachen.
Und es gab diesen Moment, in dem wir beide uns lachend in die Augen sahen und plötzlich war es anders.
Mag sein, latent war es schon länger vorhanden, aber wer in unserem Alter rechnet dennoch mit sowas bitte?
Wir verliebten uns. Wir wurden ein Paar!
Und zwar ein ganz modernes, gepaart mit der Reife des Alters: Ich stellte bei mir fest, gern und wieder mehr reden zu wollen. Und auch das Zuhören wurde erneut zur Freude. Und da saß diese Frau bei mir, die mich

ernst nahm. Die mich annahm, so wie ich war und ganz "ich" sein durfte.

Und da war er wieder, dieser kleine verschüttete Romantiker, der mit Blumen aufwartete, sich wieder ein neues Rasierwasser kaufte und doch noch einiges vom Leben erträumte. Auch die Erotik geht nicht einfach, nur weil man älter wird, sondern sie kann wieder zu einer der besten im Leben werden. Wir haben uns also gefunden, verliebt und haben noch so viel gemeinsam vor. Ich mit meinen inzwischen sechzig Jahren und Gundi mit Neunundfünfzig wollen bald einen Teil des Jahres in Italien verbringen, wenn wir beide offizielle Rentner sind. Nicht nur wegen dem Wetter, sondern der so ganz anderen, offeneren Mentalität wegen, die hier nicht zu finden ist.
Seit gut einem Jahr sind wir jetzt ein Paar und schon dreimal kurz verreist. Was uns beiden wichtig ist, sind Unabhängigkeit und Freiräume.
Eine gemeinsame Wohnung steht außer Frage - höchstens in den Frühlingsmonaten, die wir später gern in der Toskana oder der Lombardei verbringen möchten. Natürlich mit einem Abstecher in das von uns beiden geliebte Rom.
Leider wird man erst im Laufe des Lebens etwas klüger und weiß auch seine Beziehungen anders und besser zu gestalten. Früher fühlte ich mich entweder sofort von der neuen Bekanntschaft zu sehr gewollt und vereinnahmt oder zu wenig beachtet. Dieses gesunde

Mittelmaß fehlte. Und da ich nicht ganz unbelastet war, passte es einfach nie richtig mit einer Frau und mir. Gundi wertet mich mit Adjektiven nicht ab, ganz im Gegenteil, denn neuerdings bekomme ich solche Sätze zu hören wie:

"Bernd, Du bist ein besonderer und liebenswerter Mensch."

Da konnte und vor allem wollte ich ihr nicht widersprechen, denn ich sah mich selbst genauso.

Und an Taihga gewöhnte ich mich auch schnell. Der liegt schon mehr bei mir auf dem Schoß zum Kraulen als bei der Gundi.
Erstaunlich war, dass es zwischen uns beiden so gar keine speziellen Eifersüchteleien und Revierkämpfe gab. Ich war besonders über mich erstaunt.

Ich widme dieses Buch allen Menschen, die auch in schweren Zeiten nie den Humor verloren haben. Und sich selbst nicht immer so ernst nehmen müssen.

Veröffentlicht: Mai 2024
1.Neuauflage: Mai 2024, Korrektur
2.Neuauflage: Juli 2024, Korrektur
3.Neuauflage: Februar 2026, Cover neu
Inhalt, Cover und Fotos: Manuel Lerois
Verlag: BoD · Books on Demand GmbH,
Überseering 33, 22297 Hamburg,
bod@bod.de
Druck: Libri Plureos GmbH,
Friedensallee 273, 22763 Hamburg
ISBN: 978-3-7597-2180-8